10
18

12, AVENUE D'ITALIE. PARIS XIIIe

Sur l'auteur

Philippe Besson est écrivain, scénariste et dramaturge. *En l'absence des hommes*, son premier roman, publié en 2001, est couronné par le Prix Emmanuel-Roblès. Depuis lors, il construit une œuvre au style à la fois sobre et raffiné. Il est l'auteur, entre autres, de *L'Arrière-Saison* (Grand Prix RTL-*LiRE*), *Un garçon d'Italie* et *La Maison atlantique*. En 2017, il publie coup sur coup *« Arrête avec tes mensonges »*, vendu à plus de 120 000 exemplaires, couronné par le Prix Maison de la Presse, et *Un personnage de roman*, portrait intime d'Emmanuel Macron, alors engagé dans la campagne présidentielle. Ses romans sont traduits dans vingt langues.

Il a multiplié les collaborations avec le milieu du cinéma et de la télévision, ayant notamment écrit le scénario de *Mourir d'aimer* (2009), interprété par Muriel Robin, de *La Mauvaise Rencontre* (2010) avec Jeanne Moreau, du *Raspoutine* interprété par Gérard Depardieu, et de *Nos retrouvailles* (2012) avec Fanny Ardant et Charles Berling. Il vient d'achever l'écriture pour le cinéma du *Procès d'Oscar Wilde*, dont le tournage est prévu au printemps 2018.

Un tango en bord de mer, sa première pièce en tant que dramaturge, a été jouée à Paris près de deux cents fois en 2014 et 2015.

PHILIPPE BESSON

UN INSTANT D'ABANDON

10/18

JULLIARD

Du même auteur
aux Éditions 10/18

Se résoudre aux adieux, n° 4095
En l'absence des hommes, n° 4188
Un homme accidentel, n° 4189
L'arrière-saison, n° 4246
Un garçon d'Italie, n° 4300
Son frère, n° 4301
La trahison de Thomas Spencer, n° 4302
Les jours fragiles, n° 4406
Retour parmi les hommes, n° 4513
Une bonne raison de se tuer, n° 4628
De là, on voit la mer, n° 4654
La maison atlantique, n° 4887
Vivre vite, n° 5030
Les passants de Lisbonne, n° 5166
« Arrête avec tes mensonges », n° 5283
► Un instant d'abandon, n° 5347

ISBN 978-2-264-07278-8
Dépôt légal : janvier 2018

À la mémoire de ceux
qui sont passés par-dessus bord

Il y a des larmes dans ses yeux, l'enfant le voit, alors il parle, mais non de cette peine, il dit qu'il regrette les jours quand il y avait de la tempête, des vagues fortes, la pluie.

Marguerite DURAS, *L'Été 80*

Des nuages noirs formaient des ombres contre les plis de la falaise. À flanc de colline, le phare surplombait les eaux en désordre, froides et lourdes. Les bateaux rentrés au port étaient amarrés à des câbles rouillés ou tanguaient dangereusement, arrimés à des cordes rugueuses à nos mains usées. Un vent de glace lançait ses rafales le long de la jetée et s'engouffrait entre les branches des arbres nus. Il y avait cette austérité des jours de décembre, l'âpreté des matins de crachin, à quoi on est habitué par ici.

Les hommes, je les ai vus arriver par la route principale. Tranquillement. Je savais qu'ils venaient me chercher. Ils devinaient que je n'opposerais pas de résistance. Ils m'ont emmené sans qu'un seul mot ait été échangé.

Je n'avais jamais quitté Falmouth.

LIVRE UN

THOMAS OU LE PÉCHEUR

Des gens très riches possèdent des villas aux allures victoriennes, un peu plus loin, vers l'ouest, vers Penzance. À la pointe des Cornouailles. Ils s'y rendent en août, ils y profitent des beaux jours, ils prennent le thé sous des vérandas aux colonnes enroulées de lierre.

À Saint Mawes, on organise des régates quand l'été est là et que les courants du Gulf Stream le permettent. On voit des voiliers blancs filant sur l'eau à toute allure, et des jeunes femmes qui les applaudissent nonchalamment depuis les côtes.

Vers Fowey, on trouve des criques rocheuses qui font la joie des baigneurs. Des langues de sable où les enfants s'ébattent.

Mais Falmouth, ce n'est pas ça.

Pas du tout.

Ce n'est pas une station balnéaire prisée. À l'embouchure de la rivière, les maisons sont modestes et les embarcations aussi. Bien sûr, il arrive que le climat soit doux mais c'est presque accidentel, et, plus bas, du côté de Swanpool, les plages sont désertes la plupart du temps.

À Falmouth, c'est comme s'il n'y avait pas vraiment de belle saison. Comme si l'hiver l'emportait.

Je suis né dans le quartier de Pendennis Rise, à l'écart du centre-ville. Personne ne peut s'imaginer ce que c'est, la périphérie d'une ville qui n'est rien. C'est là qu'ils ont construit la gare. Pourtant, les trains sont rares, encore plus à la morte saison. On ne s'aventure pas jusqu'ici tout à fait par hasard. Les rails s'arrêtent où commence la Manche.

C'est à Falmouth que la terre abdique. À la verticale des falaises.

Après, c'est la mer, les bateaux, les ferries. Je me souviens : j'ai huit ans lorsque les ferries passent.

Ici, d'éternité, on est pêcheur ou bien on attend le retour d'estivants mal informés. Dans la grand-rue, les poissonneries se succèdent tandis que, sur le front de mer, des boutiques de vacances proposent des crèmes solaires, des cartes postales et des jeux pour la plage. Les rideaux de ces boutiques sont tirés neuf mois sur douze. Sur les quais, les pubs sont les seuls endroits à rester ouverts toute l'année.

Que je vous dise encore : quand on remonte la rivière, on aperçoit de vieilles barges en béton et les carcasses des tankers abandonnés à la fin de la guerre. Les promeneurs qui longent les berges par hasard, ou parce qu'ils se sont égarés, passent vite leur chemin. Moi, j'ai toujours aimé le spectacle de ces bâtiments brisés, oxydés, corrompus, pour lesquels l'aventure s'est achevée là, ces cadavres de la grandeur, ces résidus précieux et inutiles de nos combats. Les navires échoués sont, pour moi, les pièces imposantes et pitoyables d'un décor de cinéma.

Voilà, vous savez tout de Falmouth.

Je suis né au milieu d'un automne, un jour de brume, un jour comme un autre, en somme. La brume, elle est là presque tout le temps. Elle recouvre tout, elle nous accompagne, elle sera là jusqu'au jour de notre mort. Elle est notre unique certitude. Ce voile sur nos visages. Ce gris dans nos regards. Ces gouttes qui perlent sur l'avant de nos bras.

J'ai habité toute mon enfance dans une des maisons de poupée alignées sur le rebord de la côte, vous savez, ces maisons identiques les unes aux autres, au point qu'on pourrait rentrer chez un voisin sans s'en rendre compte. Ces maisons qui possèdent des bow-windows et un jardinet. On gare la voiture sur le côté.

Je n'ai pas d'âge. Les années ont passé, je les ai perdues. Si je ne devais compter que les années heureuses, je serais encore un enfant.

Je suis Thomas Sheppard, les gens m'ont toujours appelé Tom. Les gens, ce sont mes parents, les garçons qui ont grandi en même temps que moi, les vieux, les commerçants. Et Marianne, bien sûr.

Personne ne m'appelle Thomas. Sauf ma grand-mère. Elle ne va pas tarder à mourir, à ce qu'on m'a dit. Alors, pour de bon, je ne serai plus Thomas pour personne.

Je suis Thomas Sheppard et je n'avais jamais quitté Falmouth jusqu'à ce que les hommes m'emmènent.

Aujourd'hui, je reviens.

Je n'avais nulle part où aller.

C'est novembre et je reconnais tout au premier regard. Rien n'a changé, rien ne changera jamais. Tout est figé, immobilisé, fossilisé. Le temps n'a pas de prise. Je reconnais les briques rouges, les trottoirs glissants, les lampadaires qui diffusent une lumière striée de pluie, les rues désertes, les volets clos, l'interminable ardoise, le clocher de l'église dressé comme une menace. Je reconnais les noms des bateaux, les enseignes des magasins, les pancartes des échoppes. Je reconnais le vacarme des vagues, le sifflement des embruns. Je reconnais cette odeur de mouillé, ce parfum des bourrasques. Je reconnais les corps engourdis, frissonnants, les mains calleuses, les faces austères, les œillades méfiantes. Tout est à l'identique.

Pourtant moi, je suis un étranger.

Oui, c'est cela qui est arrivé, je le sens bien, avant qu'ils ne me le fassent sentir : je suis devenu l'étranger, je ne suis pas le bienvenu. Plus pareil à eux. Plus l'enfant de Falmouth.

À l'évidence, personne n'a oublié que des hommes sont venus me chercher un jour, qu'ils m'ont emmené loin de la ville, que des années se sont écoulées loin de la ville. C'est un autre qui leur revient. Les gens d'ici, ceux qui ne partent pas, qui ne partiront jamais, pensent qu'on devient forcément un autre quand on vous emmène loin d'eux. C'est eux qui ont raison.

Mais je vous l'ai dit : je n'avais nulle part où aller.

C'est novembre et je marche en direction du *Gloucester*. À trente yards de distance, j'aperçois le néon rouge et bleu qui clignote et la lumière du dedans, chaude. En m'approchant, je constate, par les fenêtres embuées, qu'il n'est pas venu grand monde, ce soir. Juste le vieux Flanagan, dont la place paraît réservée pour toujours, deux trentenaires au visage rougi, aux bras ronds, qui ne me sont pas inconnus mais que je ne parviens pas à nommer, et Carter, qui tire sur une cigarette qu'il a roulée lui-même. Autour du billard, d'autres hommes, dans le silence, qui ont posé leurs pintes sur le rebord.

Il n'y a pas de femmes au *Gloucester*, cela ne se fait pas. Ça n'est pas la place des femmes, les pubs. Ce serait une provocation incroyable, une affreuse vulgarité. Marianne, elle, m'avait accompagné une fois. Elle avait eu droit à un mur de mutisme et de mépris. Elle n'était jamais revenue. Le jour d'après, les autres femmes, dans la rue, lui avaient adressé des coups d'œil obliques, outrés, réprobateurs. La nouvelle de ce scandale au pub s'était répandue comme une traînée de poudre. Il lui avait fallu des semaines avant de reconquérir son rang dans la société étrange des habitants de Falmouth.

De toute façon, les femmes, ça n'est rien. Les femmes, ça n'existe pas. Elles ne sortent pratiquement pas des maisons, on dirait qu'elles portent un veuvage immémorial, même lorsque leurs maris sont en vie, elles vont vêtues de noir, équipées de fichus, se croisent à l'épicerie, elles n'ont pas de sujet de conversation, regardent la télévision, reprisent les chemises. Elles attendent que les journées s'écoulent et elles s'écoulent, que les étés reviennent et ils reviennent. Elles savent depuis le premier jour qu'elles ne quitteront jamais la ville, elles sont bienheureuses d'avoir trouvé un homme, un qui a bien voulu les épouser, elles plaignent celles qui restent seules, et qui meurent seules à Falmouth, elles savent que la solitude de ces femmes-là doit être sans fond puisque la leur est déjà presque impensable.

Les hommes d'ici ne sont pas très causants. On les prétend renfrognés et on n'a pas tort. Ils ne se confient pas volontiers, sûr, ce sont des êtres de peu de mots, de peu de gestes. Ils marchent à l'économie. Des sentiments aussi, ils sont économes. Ils sont généralement bourrus, généralement brusques. Les étreintes sont gênées, brutales, les poignées de main viriles et brèves, les salutations rapidement expédiées. Oui, ils sont ainsi, les hommes de Falmouth.

Je demeure au-dehors, debout devant l'une des fenêtres du *Gloucester*, sous la pluie fine, dans cette bruine poisseuse qui colle les cheveux sur les joues. Mes vêtements sont trempés, ma valise et mes chaussures maculées de boue. Je commence à sentir le froid qui s'insinue dans tous mes os. La nuit sur mes épaules.

En cachette, j'observe ce petit monde, cette familiarité des pubs, cette promiscuité humide et chaleureuse. Un rectangle de lumière orange s'étend à mes pieds. Même lorsque j'étais encore des leurs, je me tenais déjà comme ça, au-dehors, sur le bord du rectangle de lumière.

J'ai toujours eu cet air-là, qui éloigne un peu, qui met à l'écart. Cette expression qu'on prend pour de la fatigue ou de l'ironie, et qui n'est ni l'une ni l'autre, que je ne saurais pas définir moi-même, qui est mon expression. J'ai toujours eu cette dégaine, une sorte de nonchalance chétive, une maigreur d'adolescent, quelque chose de maladif. On m'a toujours regardé avec de la pitié, ou du dédain. Le plus souvent, on ne m'a pas regardé. J'étais une quantité négligeable.

C'est sans doute que je n'aime que la périphérie, les frontières, les pourtours, les contours. Je me méfie des centres, des évidences.

Je pourrais rentrer chez moi, ce ne serait pas difficile. Il me suffirait de longer la côte, d'emprunter les chemins que je connais par cœur, les routes étroites où j'ai appris à marcher, et je rejoindrais ma maison de poupée, oui, la mienne, pas celle de mes parents, qui a été revendue depuis que mes parents sont partis, mais bien celle que j'avais achetée après mon mariage, celle dont j'avais franchi la porte en portant Marianne dans mes bras, celle où mon fils est né, et où personne ne m'attend.

La maison, je ne l'ai pas revue depuis que les hommes m'ont emmené, mais je suppose qu'elle non plus n'a pas dû changer. Une maison, ça ne change pas. Ça se vide, c'est tout.

Je ne suis pas prêt encore, je m'en rends compte. Je préfère la pluie qui me glace, la boue sous mes pieds devant le *Gloucester*, le clignotement du néon sur mon crâne, les gouttes sur mon visage, qui ne sont pas des larmes puisque je ne pleure pas. Luke, ça l'impressionnait que je ne pleure pas. Il disait : « Vu les circonstances, on ne t'en voudrait pas. » J'aimais cette expression : « vu les circonstances », cette façon qu'il avait de désigner les choses sans les nommer.

J'avance en direction du port, mes pas me guident plus que je ne les commande. Je descends au port comme d'autres rentrent chez eux, sans réfléchir, sans se poser de questions. Je vais où l'enfance s'est tenue, où mon existence s'est ordonnée. J'avance en direction des entrepôts, dans l'enchevêtrement des câbles, dans l'entrelacs des cordes. Je sais le glissant des pavés, l'alignement des bittes d'amarrage, le bruit de grelot que produisent les mâts la nuit, la poussière de sel ramenée du large, l'odeur putride des eaux stagnantes.

Et soudain, c'est l'enfance à nouveau. J'ai neuf ans, je cours sur la berge, je n'aperçois pas que le sol est mouillé, je perds l'équilibre. Ma hanche vient cogner contre la pierre, et se brise net. Depuis l'accident, je ne me suis pas départi d'une légère claudication qui suscitait les moqueries de mes camarades mais plaisait aux filles.

En somme, je reviens où l'essentiel s'est joué. À neuf ans, le décor était déjà en place. Il a suffi de dérouler, de se laisser porter. C'est venu tout seul : la carcasse qui grandit, l'adolescence au milieu des bacs de poisson, les bras qui enflent à force de tirer des filets, l'école qui ne sert à rien, les premières cigarettes qu'on roule, les bières qu'on s'envoie en rentrant de la pêche, les filles pas farouches, Marianne, la maison sur le bord. Et puis, un jour, les hommes qui viennent et qui m'emmènent.

Et puis Luke.

Que je vous explique : Luke, c'est un jeune homme dont le regard est noir, dont le visage est fermé, mais qui donnait son corps à voir, quand on était dans la chaleur, dans le mois d'août, et parce que le corps n'existe plus dans l'enfermement, parce que les yeux des autres ne se posent pas sur lui, parce qu'on n'a rien à cacher, parce que c'est un morceau de viande, de la chair. C'est un jeune homme qui a des grains de beauté sur les épaules, et ses épaules sont larges. C'est un jeune homme qui a la peau vierge et des flancs étroits.

Que comprendront-ils par ici à l'histoire de cette beauté dispersée en grains sur les épaules ?

Il fait de plus en plus froid. Je relève mon col, je contemple la mer. Je fixe un point qui n'est rien, qui n'est pas un lieu, qui est posé sur l'horizon, qui fluctue avec les vagues, avec la fatigue dans mes yeux rougis. Je scrute le lointain et je songe que je ne pouvais pas échapper à Falmouth.

Du reste, on n'échappe à rien. Pas plus à son passé qu'à ce qu'on est profondément. On est ancré dans sa vérité, une fois pour toutes et aucune chance d'en sortir, de se dégager de l'étau. Ça ne servirait à rien de lutter, se débattre. Il vaut bien mieux accepter son sort, se faire une raison. Peut-être que c'est ça qu'ils voient chez moi, ceux qui me regardent, cette résignation. Peut-être ma claudication, c'est une lenteur, une manière de rester accroché au sol, de ne pas être en mesure de s'en affranchir. Quand on a, comme moi, la jambe qui traîne, une hanche qui fait défaut, on n'est pas vraiment libre de ses mouvements.

Enfin, je ne suis pas certain que ce soit seulement une affaire de jambe qui traîne.

Bien sûr que c'est une erreur de revenir ici, que ce retour sera considéré comme une provocation, qu'on ne me pardonnera pas cette insolence, cette indécence. Un homme qui a été emmené hors des murs est interdit de se présenter à nouveau. Et les circonstances de mon départ m'accablent, me condamnent. Je pourrais leur rappeler que j'ai purgé ma peine mais c'est inutile. Pour eux, le temps ne guérit de rien et il n'est pas de peine assez longue pour la faute que j'ai commise, pour le péché que je porte, pour l'infamie qui est la mienne.

Car le passé, je reviens avec, il est mon fardeau. Ce qui est survenu avant que les hommes de la grand-route viennent me chercher, c'est indissociable de moi. J'aurais beau avoir coupé tous les ponts, détaché tous les liens, rompu tous les ligaments, j'aurais beau m'être fabriqué une nouvelle virginité ou une identité toute neuve, ceux d'ici ne seraient pas du genre à perdre la mémoire. Ils se souviennent de tout et ils ne m'absoudront pas. Ils ne pratiquent pas la miséricorde ni l'oubli. L'amnistie ne fait pas partie de leur vocabulaire.

Je reviens avec mon mort. Je le ramène avec moi. Je transporte un cadavre.

J'ai ça avec moi, un cadavre.

Pour toujours.

Quoi que je fasse, il sera là, toujours, avec moi, ce cadavre.

Et les gens le verront, qui m'accompagne. Ils ne verront toujours que lui, avec son pauvre visage blême, ses joues creusées par les larmes, et l'air apeuré de ceux qu'on a précipités dans une histoire plus grande qu'eux. Ils ne verront que cet être tout de faiblesse, de fragilité, mais qui l'emporte pourtant sur toute autre considération, qui est plus vivant que tous les vivants, plus fort que tous les hommes de Falmouth. Ils ne verront que ce petit enfant avec ses boucles claires, ses taches de rousseur, celles de sa mère, sa pureté virginale. Ils ne verront que ses huit ans massacrés, anéantis en un seul mouvement. Je sais qu'il ne me quitte pas, ce mort.

Mon fils.

Je reviens avec mon chagrin, ce désespoir qui ne faiblit pas, cet accablement imbattable, une désolation qui ne se dit pas. C'est sur moi, la misère absolue.

Impossible de la manquer, de ne pas l'apercevoir. Ça éclate, ça déborde, c'est dans chacun de mes gestes, dans la lenteur encore plus grande de mes pas, oui, dans cette névralgie de la démarche. C'est dans le regard, aussi. Inratable. Ça prend le pas sur tout. Mais les gens d'ici vont décider de ne pas s'arrêter à mon chagrin, ils s'en tiendront à l'enfant mort, qui avait glissé sa main dans la mienne parce qu'il me faisait confiance, parce que j'étais son père ; au petit d'homme qui n'aura pas eu le temps de devenir un homme parce qu'il avait tort de me faire confiance, d'être mon fils.

Ils ne verront pas le père orphelin. Seulement le père infanticide. Et, au fond, comment leur en vouloir ?

Ils ne pardonneront pas. L'enquête a pourtant conclu à l'homicide non intentionnel. Pour être tout à fait précis, le libellé complet du chef d'accusation était : « négligences graves envers personne mineure et à charge, ayant entraîné la mort, sans intention de la donner ». Et c'est ce motif que les jurés ont retenu. Mais pour ceux de Falmouth, l'absence d'intention ne compte pas, aucune circonstance ne saurait être qualifiée d'atténuante. Eux, ils ne retiennent que l'acte. Que la mort. Celle de l'enfant. Huit ans. Le reste n'existe pas.

Il se raconte forcément encore que c'est moi qui me trouvais sur le bateau avec lui, ce jour-là, celui de la tempête, qu'un père sensé n'aurait d'ailleurs jamais effectué une sortie en mer avec son fils le jour d'une tempête comme celle-là, et qui avait été dûment signalée, qui plus est. Certains affirment que je n'ai rien voulu voir, rien empêché, que l'enfant est passé par-dessus bord sous mes yeux. Ils prétendent que mon aveuglement était tout bonnement criminel.

Mais que savent-ils, au juste ? Ils n'étaient pas là. Je suis le seul à pouvoir parler de ce qui s'est réellement passé. Le seul à détenir l'entière vérité. Eux, ils ont juste remarqué que l'enfant ne se tenait pas à mes côtés quand j'ai regagné le port. Ils n'ont vu que cette défection, cette béance. Ils ne souhaitent pas se rappeler mon affolement, ni que j'ai demandé qu'on aille chercher des secours. Ils n'ont pas retenu mes gestes désespérés, mes explications confuses, les pleurs dans mes paroles. Non. Seulement que l'enfant n'était pas avec moi, que je l'avais abandonné au milieu des eaux en furie.

Ce n'est que le lendemain, quand la mer a été calmée, que des bateaux sont partis à la recherche du corps. Ils ne l'ont jamais retrouvé, bien sûr. Ils n'ont pas ramené l'enfant. Il est encore là-bas, dans la mer, au large de Falmouth. De la côte, entre les creux des vagues, ce point indistinct, posé sur l'horizon, que je scrute, ce soir encore, c'est l'endroit de son corps.

Je mens lorsque je prétends être le seul à connaître la vérité. À Luke, évidemment, j'ai tout raconté. Un matin, je me suis décidé, j'ai fixé les grains de beauté sur ses épaules, j'ai parlé sans m'interrompre, le souffle court. Les mots étaient sûrs. Ils étaient coincés au fond de ma gorge depuis longtemps.

Quand cela a été terminé, les aveux, j'ai cessé de fixer les grains de beauté, relevé la tête, cherché lentement son regard. Les yeux étaient d'une noirceur éclatante, pas effrayée. Luke n'a rien dit. J'ai compris que rien ne nous séparerait.

Des lumières tremblent, accrochées à des fils électriques. Elles grincent dans le silence de la nuit de Falmouth. Il me semble qu'il n'arrivera rien d'autre que cela, ce soir, ce grincement. La nuit ne rapportera aucun cadavre.

La maison est en brique rouge, le toit en ardoise grise. On ne sait pas fabriquer de maisons autrement dans ce pays. Sur la porte, trois chiffres en cascade. 3-2-5. J'ai habité là pendant près de dix années. Le 325, c'est chez moi. Lorsque je fais tourner la clé dans la serrure, la porte cède naturellement, comme si elle avait été claquée le matin même, comme si je l'avais fermée derrière moi en partant au travail. Cette journée aura duré cinq ans. Quand les hommes sont venus me chercher, ils ne m'ont même pas laissé le temps de repasser par ici.

Ce qui frappe en premier, bien sûr, c'est le vide. On a beau s'y attendre, on a beau savoir que c'est ça qu'on va trouver, c'est presque impossible de ne pas avoir la respiration coupée. Ce vide, ça frappe tel un coup porté à l'estomac par un boxeur habile.

L'électricité ne fonctionne pas. J'avance dans le noir. Dans le noir et dans le vide. Je ne risque pas de me cogner, sinon contre les murs. Tout paraît plus vaste et mes pas résonnent. Par les fenêtres, entrent les reflets bleus de la lune. C'est l'instant de la plus grande dépossession. De l'inégalable solitude.

Les pièces n'ont plus d'utilité : le séjour n'est plus un séjour, les chambres ne sont plus des chambres, ce ne sont que des espaces désemplis, sans meubles, sans occupants, sans vie, des lieux qu'on a débarrassés. Ce dépeuplement, ce dépouillement, c'est l'absence vraiment. C'est ce qui ressemble le plus à l'absence. À la disparition.

C'est un territoire à l'abandon, stérile. C'est le silence juste dérangé par le bruit de mes pas sur le parquet nu.

Je marche, sans aller vers rien en particulier. Je marche dans la maison, démuni. Mes yeux s'habituent au noir, le froid me fait frissonner, je remonte mes épaules, je souffle sur mes mains. Derrière moi, j'ai dû laisser des traces de boue. Je porte l'odeur de la pluie.

Je finis par me coucher dans ce qui était la chambre de notre fils, à même le sol. Je me recroqueville contre la moquette élimée, me replie en boule, à la façon d'un petit animal. J'attends que le sommeil vienne me prendre. Les premières nuits à la prison ressemblaient à celle-ci. J'aimerais que Luke soit auprès de moi, encore.

Au matin, c'est autre chose.

C'est une autre lumière. Grise. Elle pénètre difficilement dans la maison close, tamisée par la saleté inouïe des carreaux, se pose sur mes joues où une barbe a poussé. Elle n'est pas une chaleur, plutôt un signal, celui qu'il est temps de se réveiller, de revenir parmi les vivants, d'entrer dans la photo du monde.

Je suis perclus de courbatures, tous mes membres sont endoloris. Comme si on m'avait roué de coups. Je ne serais pas surpris de retrouver mon corps couvert de bleus, d'ecchymoses. Mais la peau est blanche, sèche. L'armature fonctionne encore. En apparence, tout est normal.

Instinctivement, l'espace d'une seconde, je guette une présence, quelqu'un ou quelque chose qui me serait familier. Cette seconde me heurte violemment, elle pourrait m'envoyer valser dans le décor, parce qu'elle échappe à mon contrôle, parce qu'elle existe en dehors de moi, parce qu'elle est celle du plus compact des désarrois.

Curieusement, la présence que je quête n'est pas celle de Luke, avec qui j'ai pourtant partagé la même cellule au long des trente-six derniers mois. Non, c'est celle de Marianne. Comme si le désespoir avait sa propre logique. Comme si on tentait de retrouver les disparus dans les lieux qu'ils ont occupés. Comme si cette maison m'imposait de penser à celle que j'y ai conduite, au sortir de l'église.

Le souvenir de Marianne est un deuxième choc, plus vulnérant encore que le premier.

Marianne a six ans. Elle est une fillette adorable, les vieux au visage lacéré de rides le disent. Elle est venue d'une autre ville pour s'installer dans la maison à côté de la nôtre. Elle porte des couettes, ne parle pas beaucoup, elle est capable de rester des heures debout dans le jardin, avec sa corde à sauter qui pend au bout de ses bras morts. Elle semble ailleurs, dans son monde à elle.

Marianne a treize ans. Dans la cour de l'école, elle me protège contre les quolibets, contre ceux qui se moquent de ma patte folle, de ma maigreur de fille, de ma débilité. Elle a même collé une gifle à Trevor Crumley, qui imitait ma démarche en traînant la jambe.

Marianne a dix-sept ans. Je n'avais jamais embrassé une fille.

Marianne a vingt et un ans. Elle franchit la porte de notre maison entre mes bras, blottie contre mon poitrail.

Marianne a trente-cinq ans. Elle habite quelque part en Angleterre, loin, très loin de Falmouth. Loin, très loin de moi. Lui arrive-t-il encore de se tenir debout des heures durant, sans prononcer une seule parole, avec ce regard perdu ? Au bout de ses bras morts, un nouvel enfant s'accroche-t-il ?

De la valise, j'extrais au hasard quelques vêtements : un jean, un pull informe, que j'enfile mécaniquement, à même la peau. Ça sent le frais, le propre, mais sur mes bras j'aperçois de la crasse, mes ongles sont noirs, mes cheveux sont gras, je porte la puanteur infamante des gens qui ne se sont pas lavés depuis des jours.

J'ouvre les fenêtres, je laisse entrer le froid, le vent, la bruine. De l'air. Sur mes joues, ce froid est un baume, une sensation agréable, tonique, un retour parmi les vivants. Je l'accueille comme une rédemption peut-être improbable.

Combien de temps je demeure dans l'embrasure, dans le souffle du vent, dans le crachin, je ne sais pas, je ne calcule pas. Je goûte cette immobilité, ce rien-faire, ce rien-être, ce rien-attendre.

Dans la pâleur matinale, la maison est encore plus grande mais elle dégage moins d'hostilité, elle enferme moins de souvenirs, elle devient presque irréelle.

Je marche dans chacune des pièces, comme si j'en prenais les mesures, comme si je me livrais à une tournée d'inspection. Je frôle les murs. Toujours je m'en reviens à la fenêtre ouverte sur le rugissement de la mer.

Marianne a tout emporté avec elle, jusqu'au plus petit objet. Elle a fait place nette. N'a laissé que la désolation. Je la saisis à bras-le-corps. Elle est mon unique compagne. Et la plus fidèle.

Du dehors, me parviennent les cris des cormorans, les sirènes des bateaux, et avec eux tous les bruits de l'enfance, tous les sons familiers, tout ce qui a été à moi, un jour, que j'ai égaré, que je retrouve aujourd'hui, sans que cela puisse pour autant m'appartenir.

Oui, elles me reviennent, les années insouciantes, incultes, elles s'engouffrent par la fenêtre ouverte, elles se mélangent à la désolation du moment. Je dois faire un effort pour ne pas pleurer, ne pas refermer la fenêtre.

C'est là, à nouveau, l'enfance, mêlée au malheur.

Je suis debout, dans le commencement du jour. Je crois qu'on n'a pas de deuxième chance. Je suis pourtant venu en chercher une.

Je me rends, sans presser le pas, à la cabine téléphonique de la falaise, cet habitacle incongru posé sur le rebord du monde, que les vacanciers utilisent lorsqu'ils remontent de la plage. Je fais le nécessaire pour que l'eau et l'électricité soient rétablies dans la maison. Je suis bien le propriétaire. En effet, l'habitation est restée inoccupée pendant plusieurs années. Pas de problème, je fournirai les papiers. Tout est en règle, qu'on ne s'inquiète pas.

Ils ne peuvent pas deviner que la maison constitue mon seul bien, qu'elle est l'ultime amarre, ce qui me rattache au sol, à la terre. Et aux hommes. Sinon, ils ne poseraient pas ce genre de questions.

Il n'est plus que ça pour me relier au monde, à l'humanité. Une adresse. 325, Melville Road. Falmouth. Cornouailles.

En sortant de la cabine, je suis saisi à nouveau par le froid, tout mon corps tremble. J'ai le réflexe immédiat de vouloir retourner à la maison, m'enfermer. Mais en vérité, c'est simplement que je ne suis plus accoutumé au dehors, à l'extérieur. J'ai vécu trop d'années reclus, à l'abri dans une enceinte, j'ai perdu l'habitude de l'espace, des paysages à perte de vue, et du temps qu'il fait. Dans la prison, qu'il neige, qu'il vente, que la torpeur soit accablante, on est protégé des éléments et on a des murs pour seul horizon. Je comprends, comme une leçon nouvelle, qu'il me faut réapprendre le dehors, ses agressions et ses possibles. Je me décide à affronter le froid.

Je chemine le long de la falaise, enivré par une sensation de vertige. Ma tête tourne un peu, je dispose mes bras à l'horizontale pour ne pas perdre l'équilibre. Je dois ressembler à un fou dans cette position. Ou à un enfant.

Mes pas m'amènent vers le port, vers sa morne agitation. J'aperçois quelques hommes qui vaquent à leurs occupations, qui tirent sur des cordes, qui sont dans l'effort ordinaire. Et puis l'enseigne au néon du *Chain Locker*, une pinte de bière dont les contours rouge et bleu clignotent de façon hasardeuse derrière un léger brouillard. Je souffle sur mes mains, ma respiration est chaude.

C'est maintenant.

Je suis de retour.

Lorsque je franchis la porte, d'abord, personne ne me remarque. Le barman, un type que je n'ai jamais vu, ne m'adresse même pas un regard. Pour lui, je ne suis rien, même pas un souvenir, pas encore un scandale. Les rares clients discutent entre eux ou feuillettent le *Daily News*. C'est un moment calme, sans intensité particulière.

Je vais m'asseoir dans un coin, contre une banquette. J'ai peur d'attirer l'attention si je m'installe au comptoir. Et je ne tiens pas à attirer l'attention, ça viendra bien assez vite.

Au barman, je fais signe que je veux juste un café, un grand. Il opine sans décrocher la mâchoire. Ici, c'est l'endroit des signes, des langages simples, des codes établis. Pas besoin d'en rajouter. On est entre hommes. Mieux que cela, on est entre habitués. Je suis, à l'évidence, le seul étranger. Mais je sais parler leur langue : pendant des années, elle a été la mienne.

Le barman apporte mon café sans empressement, le dépose devant moi sans s'attarder, signale qu'il encaisse de suite, semble épuisé déjà alors que c'est seulement le matin. Les garçons de café ont souvent cette lassitude, une fatigue sur eux, en toutes circonstances, comme un agacement, le refus de nouer un contact. Ici, on ne perd pas son temps en bavardages. On sait à quoi s'en tenir.

La décoration n'a pas changé. Toujours les mêmes chaises, les mêmes tables, solides, démodées dès le jour de leur installation, et qu'on ne remplacera pas. En effet, pourquoi changer quoi que ce soit ? Les clients ne revendiquent rien de spécial et les estivants sont toujours de passage.

Sur les murs lambrissés, des publicités pour des bières, la cible d'un jeu de fléchettes, un drapeau britannique, l'écusson de l'équipe de football locale, des filets de pêche, histoire de faire « authentique », la photo du patron tenant dans ses mains un poisson gigantesque, un diplôme inconnu accroché dans son cadre. Autour du comptoir, des tabourets dont le cuir est élimé ou craquelé ou carrément déchiré surplombent les mégots qu'on a jetés sur le carrelage. Tout est à sa place. Sauf moi, sans doute.

Pourtant, je pourrais rester là, indéfiniment, dans cette oisiveté, dans cette inutilité. Ce ne serait pas difficile. Il suffirait de ne rien vouloir, d'abdiquer une fois pour toutes, de devenir transparent. Ce sont les autres, ceux qui finiront inévitablement par me remarquer, qui me rapatrieront dans le réel. Dans leurs regards, je recommencerai à exister. Je deviendrai celui dont la faute n'a pas été expiée, dont le péché est de ceux qu'on ne purge jamais. Alors, ce sera à moi de choisir si j'entends rester ou déguerpir. Dans les deux cas, il faudra du courage.

Le café refroidit. Le sucre est resté emballé sur la table. Je ne risque pas un mouvement. J'attends que les clameurs me parviennent.

J'observe la rudesse des hommes, dans le matin bleu, l'économie de leurs gestes, la lenteur et la force. J'entends sans les écouter leurs mots murmurés, leurs paroles rares, les raclements de leurs gorges. Je sens le sommeil trop court dans leur épuisement, et les années des efforts, le travail de brute. Ce sont pour eux les derniers instants de la tranquillité avant de reprendre la tâche là où elle s'est interrompue la veille. C'est le calme encore avant que le corps redevienne un outil.

Et avec ce calme dense et incertain, reviennent les images d'avant. Oui, c'est comme si tout m'était redonné, comme si je venais tout reprendre. Je n'oublie pas que j'ai été un de ces hommes, que j'étais assis comme eux dans ce café, avec eux, dans le commencement des jours, que je parlais peu, que je frottais mes mains contre mes joues rugueuses pour me réveiller, que j'allais sans réfléchir vers ce qui faisait mon existence.

Et puis, un enfant s'est noyé et j'ai échappé à tout ça.

Je commande un autre café. Personne ne fait attention à moi. J'aimerais prolonger cet état, continuer à n'être rien aux yeux du monde, demeurer invisible, inexistant. Je voudrais l'absolution par l'indifférence mais elle ne me sera pas accordée.

Au moment précis où le serveur m'apporte mon deuxième café, quelqu'un pousse la porte du *Chain Locker*. Celui qui se tient debout devant moi salue respectueusement l'arrivant. Gary Miller, face rougeaude, épaules rondes et lourdes, stature massive, gestes lents, se retourne vers nous. Dans le coup d'œil qu'il me jette, je comprends instantanément que je suis un homme mort.

Voilà, nous y sommes. La haine peut jaillir. Ou au moins le mépris.

Gary Miller s'en va rejoindre quelques clients attablés. Avant de s'asseoir au milieu d'eux, comme le chef de bande qu'il est sans doute encore, il adresse un signe de la tête en direction du serveur, un signe très bref qui ne laisse aucun choix à celui à qui il est destiné. Celui-ci s'approche de leur groupe et il ne m'est pas difficile de percevoir leur conversation chuchotée, le murmure de leur stupeur et de leur dégoût. Le serveur qui ne m'avait jusque-là pratiquement pas observé, qui aurait été incapable de décrire la forme de mon visage, de définir la couleur de mes cheveux, se retourne vers moi brusquement, malgré les consignes qu'on a dû lui imposer. Il tente de me faire croire qu'il se contente d'effectuer, d'un regard circulaire, une inspection de la salle, qu'il vérifie que tout est bien en ordre, mais il ne peut s'empêcher de s'attarder sur moi. Et, dans cette seconde posée sur ma carcasse et qui dure trop longtemps, je vois son effroi et sa répulsion. Il aura suffi de quelques mots dans la bouche de Gary Miller pour que je cesse d'être l'étranger et que je devienne le paria, le monstre.

Je suis celui qu'on désigne désormais, celui qui suscite des haut-le-cœur tandis qu'il déambule au hasard des rues, dont on se détourne après lui avoir fait comprendre, par une toise appuyée, par une moue, par un haussement d'épaules, qu'il gênait.

Je suis celui qui est en trop, et dont Falmouth ne veut plus.

Par ici, à n'en pas douter, on conserve le souvenir douloureux des hordes qui ont débarqué de Londres, un matin, pour interroger les gens du voisinage, pour en savoir un peu plus sur « le père assassin de Falmouth ». On se rappelle sans plaisir les caméras de télévision, les images au journal du soir de la BBC, les photographes à l'affût, qui fouinaient, les journalistes qui traquaient une vérité, n'importe laquelle, une explication. On n'a pas oublié – comment le pourrait-on ? – les magazines à sensation qui affichaient mon visage en une, indéfectiblement associé au nom de la ville. Les gens du coin avaient beau refermer leurs portes, leurs volets, refuser de témoigner, toujours on les accablait de questions à propos du « drame ». Il avait beau n'y avoir aucune information à drainer, les journées se succédaient au rythme de scoops spectaculaires démentis dès le lendemain, ou de révélations sensationnelles qui ne reposaient sur rien de tangible.

Le bruit et la fureur ont disparu, un jour, comme ils étaient apparus, mais il a fallu du temps avant qu'un calme véritable revienne, et que la plaie se referme. On a patiemment appris à vivre avec la honte, avec l'affreuse mémoire. Pour y parvenir, on a tout recouvert de silence. La quiétude, on n'était sans doute en mesure de la retrouver qu'au prix de ce silence, du mutisme.

Aujourd'hui, il doit leur sembler à tous que je ne suis de retour que dans le but de soulever cette chape de plomb, d'ouvrir la boîte de Pandore, et tout ce que j'affirmerais n'y changerait rien.

Ce qui est indéniable, c'est qu'il me sera impossible de prétendre que je ne prévoyais pas leurs réactions. Pour sûr, je savais qu'il en irait ainsi, que la honte et l'opprobre fondraient sur moi, que la hargne n'aurait pas faibli. La société m'a octroyé son pardon officiel, comme on dit, mais pas les gens de Falmouth, qui sont d'une autre espèce que les hommes ordinaires, et qui administrent une autre sorte de justice. À la fin, ce qu'ils me reprochent le plus, c'est de les avoir poussés sur le devant de la scène, d'avoir eu cette impudeur, cette indélicatesse. L'enfant mort n'est qu'un prétexte : simplement, on n'aime pas être dérangé par chez nous.

Alors, délibérément, je ne leur adresse pas la parole. Ainsi, j'alimente leurs frayeurs recuites, leurs peurs enfouies, leur haine immémoriale. Il se pourrait bien, après tout, que je ne sois revenu que pour les affronter.

Les yeux dans les yeux.

Chez Amy Tyler, tout est comme avant. Les mêmes rideaux pendant devant les mêmes carreaux éternellement sales, les mêmes étagères de formica recouvertes d'une épaisse couche de poussière, un barnum indescriptible dans lequel elle seule dispose de repères, un bric-à-brac invraisemblable, des étiquettes sur lesquelles les prix sont écrits à la main, et Amy elle-même, avec cinq années de plus mais qui ne les paraît pas puisqu'elle a toujours figuré cette vieille fille rabougrie, ronchonnante, aux petits yeux gris, et qui explique à qui veut bien encore l'écouter que les taxes l'écrasent, que le gouvernement britannique a décrété sa mort, qu'elle ne survit que par miracle, que rien ne va plus et que les affaires, qui n'ont jamais été bonnes, sont pires que jamais. Je n'ai jamais entendu Amy Tyler tenir un autre discours. Aucun parmi nous ne l'a jamais entendue tenir un autre discours. Pourtant, voici quarante ans que sa boutique est ouverte, que les habitués s'y rendent, que les touristes la renflouent, et qu'Amy n'a pas l'air d'avoir le train de vie d'une mendiante.

C'est chez elle que je viens acheter le matelas que j'installerai dans la maison tout à l'heure.

Je sais par avance que je trouverai ce que je cherche, qu'il me suffira simplement d'acquitter deux fois le prix normal. Lorsque l'affreux tintement de la porte d'entrée se fait entendre, je songe qu'il est des choses invariables, que l'enfance ne subsiste que dans ces détails et j'ignore si cela me rend joyeux ou me fait venir les larmes aux yeux.

« On m'a dit que tu étais de retour dans ta maison, Tom. Tu n'as pas sérieusement l'intention de t'y réinstaller ?

— Je n'ai encore rien décidé. Pour le moment, j'ai besoin d'un matelas. Qu'au moins, je puisse m'endormir sans difficulté, et me réveiller sans courbatures.

— J'ai ce qu'il te faut, tu t'en doutes. Je n'ai pas de conseils à te donner, mais tu comprends que tu n'es pas le bienvenu par ici. Enfin, c'est pas mes oignons. Il te faut autre chose ? »

La mesquinerie et la franchise d'Amy Tyler me rassurent. Au fond, je les préfère au mépris larvé, à la détestation tue, à l'espoir informulé mais patent de me voir débarrasser le plancher, au dégoût inculqué à ceux qui ne m'ont jamais approché. Cette méchanceté simple, dissimulée sous les apparences du service qu'on rend, et qui n'empêche nullement les affaires, cette cruauté benoîte et sans éthique, cela ne m'atteint pas. Je trouverais cela presque réjouissant, si j'étais versé dans l'ironie.

Non, Amy Tyler, je n'ai pas le projet de déguerpir, et vends-moi donc un matelas à deux places, des fois que j'aurais de la compagnie, un de ces jours prochains.

Lorsque je pénètre dans la maison, je sens, d'une manière fugitive mais très précise, la présence de l'enfant mort. Le matelas m'échappe des mains et vient s'écraser, avec un bruit sourd, sur le parquet de l'entrée. Je me tiens debout devant la paillasse, dans l'écho de la chute, dans le soulèvement de la poussière, et je suis tétanisé par le souvenir de la présence de l'enfant mort, incapable de produire le moindre mouvement.

Je ne suis pas immobilisé par le chagrin ou par le remords, mais bien par la surprise. Voilà des années que j'avais chassé une telle image de mon esprit, que je m'étais débarrassé du fantôme de mon fils, pour ne conserver que les instants de son rire vital. Voilà des années qu'il ne m'apparaissait plus sous la forme d'un cadavre, revenu pour me hanter, mais seulement sous celle d'un garçonnet qui mettait sa main dans la mienne, au moment de traverser les rues. Je ne suis pas du genre à croire que les maisons conservent l'âme de leurs occupants, ou que la réappropriation de lieux produise des revenants. Pourtant, la séquence est claire : c'est ici, entre les murs où son rire a résonné, dans ces pièces qu'il n'a quittées que pour être englouti par des eaux furieuses, qu'il se manifeste à nouveau et que son teint est celui, blafard, des corps morts, et que sa raideur inhabituelle rappelle la rigidité des dépouilles.

Si j'avais l'esprit simple et une propension à croire aux balivernes, je songerais que ce sont les gens de Falmouth qui me jouent un méchant tour, dans l'unique espoir de me voir quitter la ville. Mais tout bizarres et hostiles qu'ils soient, ils n'ont pas le pouvoir de former des fantômes, ni de jeter des sorts.

Je ramasse le matelas tombé à terre. Je l'installe dans la chambre que j'occupais quand Marianne et moi l'appelions « notre chambre ». Je visse les ampoules et je tourne les interrupteurs. Du dehors, on doit apercevoir un homme seul dans une maison presque vide, une peinture de la solitude. Et, comme une ombre tremblée, la figure de l'enfant passé par-dessus bord dans la tempête.

Lorsque la sage-femme m'a présenté le bébé à la maternité, lorsqu'elle l'a déposé entre mes bras, avec le regard luisant de fierté, comme si elle en était elle-même la génitrice, elle n'a prononcé que ces quelques mots : « Vous êtes heureux, n'est-ce pas ? » Mais l'interrogation était presque superflue tant son empressement sonnait comme une affirmation indiscutable, comme une évidence absolue. C'est ce ton de l'évidence qui m'a dispensé de répondre. S'il s'était agi d'une véritable question, je ne suis pas certain que j'aurais prononcé le « oui » obligatoire, attendu.

J'étais plutôt terrifié, comme à l'instant où Marianne m'avait annoncé qu'elle était enceinte. Elle portait cet air de triomphe et cette expression de bonheur qui m'auraient fait passer pour un monstre si je les avais mégotés. Je n'avais rien dit, j'avais forcé un sourire, je l'avais enlacée. Nous étions restés presque une minute, comme ça, encastrés. Mon cœur cognait. Si un témoin avait prêté attention à mes yeux au long de cette minute, il y aurait discerné de la terreur, rien d'autre. Lorsque nous nous sommes fait face à nouveau, j'ai réussi à me composer un nouveau visage, à me fabriquer une contenance. Ma joie à l'idée d'être père ne serait pas discutée.

La grossesse s'était déroulée sans que je dise ni ne fasse rien. On avait supposé que je tenais à laisser toute la satisfaction à Marianne, tout le plaisir, toute la reconnaissance, toute l'attention. Mais moi, je ne m'étais jamais imaginé en père. J'avais épousé Marianne parce que c'était logique. Un enfant après quelques mois de mariage, cela aurait dû me sembler obéir à la même logique mais ça n'a pas été le cas. Quelque chose s'est déréglé, sans que je sache quoi exactement. Huit ans plus tard, l'enfant passait par-dessus bord dans la tempête.

À la maternité, j'ai serré le bébé contre ma poitrine, il m'a paru lourd. Cette pesanteur, je l'ai ressentie à la première seconde, à la première étreinte. Elle m'a accompagné tout au long des huit années de sa vie. Elle m'a quitté à l'instant précis où il a chaviré.

J'ai redonné l'enfant à la sage-femme. Elle s'est moquée de moi, m'a dit que je ne maîtrisais pas encore les gestes, ceux de la paternité, mais que cela viendrait naturellement. Je ne l'ai pas crue. Pourtant, je ne demandais qu'à la croire.

Lorsque j'ai rejoint Marianne dans sa chambre, elle avait un teint diaphane, presque reposé malgré l'effort de l'accouchement. Elle a signalé que la ressemblance était frappante. J'ignorais de quoi elle parlait. Je me suis rendu compte que je n'avais pas regardé le bébé comme un être humain, mais seulement comme un tracas, un embarras.

Plus tard, j'ai appris que c'est à moi que l'enfant était supposé ressembler. J'ai mieux compris rétrospectivement ce que je ne souhaitais pas voir.

On a glissé une enveloppe sous la porte, je la découvre ce matin en me levant. Elle est là, blanche et pure, sur le parquet. Elle est la preuve que je suis vivant. On n'écrit pas à des morts.

Aucun destinataire n'est mentionné et cette absence d'indication suffit à me convaincre que la lettre m'est bien destinée. Dans l'esprit de l'expéditeur, pas de doute : je suis bien celui qui la décachettera. À quoi bon ajouter une mention, à l'évidence superflue ?

Il ne peut pas s'agir d'un hasard. Il n'y avait pas le moindre courrier, sur le seuil de la porte, lorsque j'ai réintégré la maison. Marianne a vraisemblablement organisé un transfert d'adresse et les facteurs n'ignorent rien du drame : ils sont prévenus que la maison a été nettoyée de ses occupants. Même les porteurs qui distribuent des dépliants publicitaires doivent passer leur chemin. Cette lettre, blanche et pure, a été déposée intentionnellement par une personne qui entend que j'en prenne connaissance.

Cette seule certitude me conduit naturellement à deviner le contenu de l'enveloppe. Bien sûr, il s'agit d'une lettre anonyme, déversant des injures et des menaces, et s'achevant sur une injonction à déserter les lieux. Le ressentiment de Falmouth se loge aussi dans ces manifestations misérables, dans cette méchanceté couarde, dans ce venin sans visage.

L'écriture est régulière et appuyée. On n'est pas allé jusqu'à avoir recours à des coupures de journaux, à des découpages et à des collages enfantins. On ne court pas beaucoup de risques : je ne connais l'écriture de personne et on a dû songer que je n'aurais pas l'outrecuidance d'aller montrer cette littérature à la police.

Les mots sont sans surprise. Ils suintent la détestation. Je relève des expressions convenues : « une honte… nous avons assez pâti de tes actes… une provocation… tu n'as rien à faire ici ». Que du bon sens, de la sympathie, de la charité chrétienne.

Je suppose que cette lettre exprime le sentiment commun, que, dans sa maladresse et sa hargne, elle dit ce que les gens éprouvent. Il s'en est trouvé un, un peu plus courageux ou un peu plus lâche que les autres, pour s'en faire le porte-parole. Il a pris sa plus belle plume. Les mots sont venus tout seuls, ils ont surgi du plus profond, du plus intime, des viscères.

Je reste debout, face à la porte fermée, la lettre dépliée pend au bout de ma main, la maison est tranquille. C'est une manière de vacance, de vacuité, une sorte de soulagement face à une réaction prévisible. C'est le calme encore, avant les déferlements qui s'annoncent.

La brume suinte aux fenêtres, dans le matin blême. Les eaux en contrebas cognent contre les parois de la falaise. La silhouette du phare se dessine dans le jour qui se lève. Melville Road s'extirpe du sommeil.

Je retourne au *Chain Locker*. Je fais cela, qui passe le temps. Le serveur ne juge pas utile de me saluer, sensible à l'opinion de sa clientèle. Pas question de se mettre à dos les habitués. S'il s'était senti autorisé à me chasser, pas de doute qu'il l'aurait fait, mais il lui aura manqué de l'audace, ou de la suite dans les idées. Ou bien l'appât du gain l'aura emporté sur toute autre considération. Il n'est pas de profit négligeable dans cette contrée de gagne-petit.

Je rétorque par un bonjour poli à son silence. Ne hausse pas la voix. Je ne suis pas du genre tonitruant, de toute façon, mais surtout j'entends ne pas entrer dans son jeu. Cette simple salutation doit lui sembler la plus grande des insolences et il ne résistera pas au désir de raconter partout l'impudence de celui qui n'hésite pas à se montrer en ville, à interpeller les honnêtes commerçants, « comme si de rien n'était ». Je lui confierais volontiers qu'il perd son temps, que la cause est entendue, que mon sort est scellé, qu'il ne sert à rien de m'accabler davantage. On ne s'acharne pas sur un homme à terre, déjà roué de coups : il ne sent pas la douleur.

Cette tentative d'ironie est moins le signe d'une colère que le souci de tenir bon. Je songe que, si les autochtones possédaient toute la vérité, l'ironie ne pèserait pas bien lourd face à la vindicte populaire, face aux appels au meurtre.

Dans le café contraint aux murmures et aux sarcasmes faussement étouffés, je sirote une bière. Pour soutenir les regards, pour ne pas être effrayé par la pluie qui bat aux fenêtres, je me remémore les journées d'été avec Luke, la moiteur, les heures interminables, le temps à ne rien attendre, à ne rien espérer. Je me souviens de son silence à lui, qui était une force, une puissance. Il prétendait qu'on ne peut rien contre la volonté d'un seul homme. Luke m'a enseigné la résistance, l'endurance. Je lui dois le peu de solidité dont je dispose. Dans les instants du doute, alors que ma détermination vacille, c'est le noir de ses yeux qui me fait rester ici, c'est la rondeur de ses épaules où il m'autorisait à poser les mains quand ses muscles lui faisaient mal après les efforts.

Ai-je échangé un enfermement contre un autre ? Est-ce donc ainsi que les choses s'énoncent ? Me faut-il admettre que les murs de la prison et ceux de Falmouth se ressemblent ?

Ici, je suis libre de mes mouvements. Je peux aller et venir. Cependant il n'est pas un lieu disposé à m'accueillir, pas un faciès avenant, pas une parole de bienvenue.

Ici, je n'ai pas à endurer la promiscuité. Je peux sortir. Cependant j'en reviens toujours à l'endroit originel, la maison, où je dépense le plus clair de mon temps, étendu sur le matelas, au milieu d'un désert.

Ici, je n'ai pas pour horizon des barreaux, une clôture. Je peux ouvrir les fenêtres. Cependant elles s'ouvrent sur le vide, sur le large, sur ces eaux où j'ai abandonné un cadavre.

Ici, mes promenades ne se résument pas à une ronde dans une cour circulaire surveillée par des matons prêts à nous faire rentrer dans le rang au premier écart. Je peux choisir mes chemins. Cependant les routes ne mènent nulle part, ou seulement là où je ne suis pas attendu, et je les connais par cœur, ces routes, je les emprunte depuis les premiers pas.

Ici, je suis présumé échapper à l'isolement, à la quarantaine, aux jours sans mots échangés. Je peux aller vers les hommes. Cependant ma situation est pire qu'une mise à l'écart, je suis cloué au pilori d'infamie, et Luke me manque, même ses silences me manquent.

Je n'éprouve pas le regret des années de l'enfermement mais je croyais que la liberté avait une autre saveur. J'avais juste oublié qu'à Falmouth, la liberté, ça n'existe pas. Ça n'a jamais existé. Ça n'existait déjà pas quand l'enfant était encore vivant.

Les maisons n'ont pas d'âme. Au mieux, elles ont de la mémoire. Le long des couloirs, au hasard des pièces, dans le miroir de la salle de bains, dans l'entrebâillement des portes, j'aperçois quelquefois, et toujours fugacement, celui que j'ai été, et la famille que j'ai fondée un jour. Quand la nuit est là, quand ne subsiste que le grondement d'une bourrasque ou le chuintement d'un vent mauvais, je suis renvoyé au passé, alors que la même bourrasque ou le même vent nous trouvait tous rassemblés autour de la cheminée. Il suffit de presque rien, le plus souvent, un bruit familier, une odeur ordinaire, le gris d'un ciel, pour que je m'en retourne à des instants que j'ai déjà vécus.

Mais ce n'est pas la souffrance qui m'étreint alors, ce n'est pas comme si une blessure se ravivait. Non, c'est plutôt une étrange mélancolie, une sorte de vague à l'âme, une langueur imprécise.

Je n'ai pas mal, je ne suis pas vraiment triste. En vérité, je mesure le temps qui s'est écoulé. Je contemple ma vie d'avant comme si des siècles me séparaient de l'instant présent. Il me semble me souvenir d'un autre. Ce n'est pas nécessairement une sensation désagréable.

J'ai simplement la conscience d'un gâchis, et des années perdues.

Au 325, Melville Road, si j'y songe, il n'est rien advenu. La robe blanche de Marianne, les cadeaux de mariage qui s'entassent dans les armoires, le landau posé au milieu de la chambre de bébé, le deuxième enfant qui n'arrive pas, qui n'arrivera jamais, nos voix qui chuchotent, l'enfant qui grandit, les départs dans le matin bleu et les retours dans la nuit noire, la mer aux fenêtres, l'odeur chaude et grasse des plats qui mijotent, la télévision qui grésille dans l'indifférence, les ans qui défilent, le bateau qui chavire, non, quand j'y pense, tout ça n'était pas grand-chose. Du coup, pourquoi serais-je triste ? Qu'y aurait-il à regretter ? De quoi faudrait-il avoir la nostalgie ? Je ne peux valablement me lamenter que sur la vacuité de tout cela, que sur l'inanité d'une existence, la mienne.

LIVRE DEUX

RAJIV OU LA FAUTE

Les Pakistanais qui tiennent une des épiceries de River Street paraissent, eux, me considérer sans haine, mais je ne peux m'empêcher de me demander s'ils font un effort pour ne pas me détailler, pour ne m'accorder qu'une saine inattention. Ou bien sont-ils à ce point coupés de notre communauté, réduits à n'être que des commerçants d'appoint, pour s'occuper si peu des Blancs, des Anglais ? Leur flegme leur vient-il de l'indifférence dans laquelle ils sont cantonnés, et dont ils semblent s'accommoder ? Sont-ils tout bonnement des gens qui ne cherchent pas les histoires, décidés à n'exprimer aucune opinion pour ne s'aliéner personne, à se fondre dans le paysage jusqu'à devenir un élément de ce paysage, tout juste un peu plus exotique que le reste du décor ? Ils arborent un turban mais leur mine brune est impassible et paisible. Ils portent des tenues étranges mais leurs manières sont élégantes et lentes. Ils parlent peu mais leur langage est châtié sous l'accent. Ils sont les étrangers mais ils sont plus anglais que nous-mêmes à bien des égards. Oui, ils me considèrent sans haine et cette absence d'affect est comme un baume, un relâchement.

Qu'on ne s'y trompe pas : nous ne sommes pas des compagnons d'infortune. Notre situation, celle des écartés, quasiment des bannis, ne provoque pas une solidarité particulière. Nous sommes certes ceux qu'on n'a pas désirés, les enfants illégitimes. Ceux qui ont contracté une dette avant même que d'avoir rien fait, des débiteurs pour l'éternité. Ceux qu'on tolère, chacun à notre manière, mais nous n'en éprouvons pas pour autant une sympathie singulière. Simplement, il transparaît dans les regards qui s'échangent une mansuétude, une belle résignation. Cela nous échappe, je crois, cette affabilité, cette bienveillance réciproque.

Les Pakistanais sont prévenus que je suis l'infanticide, et que je sors à peine de prison, mais il ne s'insinue aucun sous-entendu dans leur conversation, pas de récrimination, pas de jugement, au moins en apparence. Ils ne ressentent pas non plus de dédain pour celui qui les a rejoints dans l'ostracisme ordinaire par le seul fait de sa condamnation, celui qui a déchu, chuté jusqu'à eux. Ils pourraient m'en vouloir que l'homicide conduise à la même exclusion que celle induite par la naissance et dont ils sont les victimes silencieuses. Trouver saumâtre que je me rapproche d'eux seulement parce que j'ai été éloigné de tous les autres. Pourtant, ils ne manifestent aucune acrimonie. Avec eux, pour la première fois depuis mon retour à Falmouth, je ne sens pas un poids qui m'écrase.

Je leur achète, chaque jour, de quoi me nourrir, de quoi rester en vie.

Rajiv – c'est ainsi que se prénomme l'un des deux Pakistanais de River Street – me convie dans son arrière-boutique. Il m'invite à m'asseoir avec lui, me propose une tasse de thé. J'avais oublié qu'on pouvait avoir des égards pour moi. Malgré ma sauvagerie naturelle et cette méfiance que je me suis fabriquée rien qu'en habitant dans cette ville, j'accepte sa proposition sans hésiter. Les conversations ne sont pas si courantes. Et puis, il y a chez Rajiv une douceur qui rassure. On devine qu'on n'a rien à craindre, qu'il ne nous sera rien demandé en échange, que ce n'est même pas l'acte d'un commerçant qui espère fidéliser un client. Non, cela paraît un geste désintéressé. Peut-être le geste de celui que l'injustice dont je suis l'objet a fini par irriter. Mais j'ai l'intuition qu'il ne s'exprimera pas à ce propos. Rajiv n'est visiblement pas le genre d'homme à se lancer dans de grandes explications, ni à formuler de vastes théories. Il garde ses réflexions pour lui, il ne souhaiterait pas embarrasser. J'apprécie cette manière de discrétion, qui est la vraie élégance. Je suis touché par cette retenue, cette pudeur, qui sont d'un honnête homme.

D'abord, nous parlons peu. Il se contente de me demander comment je prends mon thé. S'affaire quelques instants dans l'arrière-boutique tandis que je demeure assis sur une chaise étroite. Il ne vient pas de client, nous ne sommes pas dérangés. Son frère – je découvre par cette allusion que lui et l'autre homme sont des frères – s'est rendu à Helston pour assurer le réapprovisionnement. Il faut passer les commandes chaque semaine. Ce n'est pas qu'on vend beaucoup, mais il convient de disposer toujours d'un stock, et de viser juste, particulièrement pour les produits frais qui sont marchandises périssables. J'acquiesce machinalement alors que je ne me suis jamais posé ces questions.

Nous retournons au silence. Le thé refroidit un peu dans ma tasse pendant que lui ingurgite le sien bouillant. Rajiv a des mouvements lents, sûrs, délicats. Il ne se dépense pas inutilement. Je pense qu'en effet il est un individu qui vise juste.

Quand il a terminé son thé, il prononce quelques mots au sujet du temps, de la pluie, de la bruine. Il prétend qu'il ne s'est toujours pas habitué au crachin perpétuel, qu'il regrette les soleils du Pakistan. Je l'interroge alors pour savoir à quel moment il a quitté son pays. Il m'apprend qu'il est né à Londres, qu'il n'a jamais foulé le sol de la terre natale de ses parents, qu'il a le regret de ce qu'il n'a pas connu, de cette appartenance qui lui a été déniée, de cette identité qu'il lui est impossible de revendiquer. Il dit qu'il est un pur produit de l'Angleterre. Il dit cela sans acrimonie, mais avec une vraie tristesse. Ses yeux soudain ont la couleur des ciels de Falmouth.

Dans l'arrière-boutique, sur les chaises étroites, entre les paquets de lessive et les cageots de légumes empilés, assis sous une ampoule qui produit un doux grésillement, nous figurons deux exilés en leur pays.

Sans qu'il me l'ait proposé, sans que son bras dont la maigreur est d'une femme n'ait indiqué la direction ni ouvert un chemin, je me faufile aujourd'hui, à nouveau, dans l'arrière-boutique de Rajiv. Ce dernier ne pipe mot, arborant un demi-sourire, une expression onctueuse et épuisée. Je ne le soupçonne pas de compassion ni de complaisance. Je crois plutôt qu'il est homme à ne pas refuser de tendre la main à qui la lui demande, même maladroitement. Mais ce faisant, il ne veut pas donner l'impression de rendre un service. L'affabilité lui est naturelle. Il ne force rien, ne s'oblige à rien, n'obéit qu'à sa conscience, et peut-être aussi à cette féminité qui se dégage de tout son être. L'aménité est chose féminine.

Rajiv me présente à son frère, lequel me salue avec une froideur qui n'exclut pas l'hospitalité, et que j'interprète comme une distance bienveillante. L'homme s'active à étiqueter les marchandises qui viennent d'être livrées. J'ai peur de déranger mais Rajiv m'indique que son frère n'a aucun mal à travailler au milieu de n'importe quel désordre, qu'il n'en est pas le moins du monde perturbé. Notre conversation n'est donc pas susceptible de l'incommoder. Ici, c'est un autre monde.

Le thé devient un rituel. Celui de Rajiv est délicat. J'hésite à lui en demander la provenance. Je ne souhaite pas rouvrir un débat sur les origines, surtout si le thé qui m'est servi devait se révéler typiquement britannique. Je l'observe qui avale les gorgées dans la tasse fumante alors que je suis incapable ne serait-ce que de porter mes lèvres à la mienne. Rajiv est d'une espèce rare. Je n'entends pas le regarder comme appartenant à une variété exotique mais sa dissonance, sa dissemblance m'apparaissent chaque jour davantage. Ce n'est pas seulement l'effet de la couleur de sa peau, ou de son turban, ou de ses manières. C'est dans son attitude générale. C'est en lui, comme une énigme à résoudre. Tous, nous avons quelque chose à dissimuler, un secret qui nous met à part des autres hommes. Chez Rajiv, je n'imagine rien de monstrueux. Son mystère relève de la magie, ou de l'alchimie. Il est peut-être aussi le produit de ma seule imagination.

Je cherche à comprendre comment un homme comme lui, né à Londres, a débarqué un jour à Falmouth. Mais les questions sont prématurées. Et les réponses seraient sans doute elliptiques, ou décevantes. Nous disposons de temps. C'est d'ailleurs un des rares biens qui me restent.

Je finis par avaler mon thé à gorgées lentes et régulières. Aucune parole n'est échangée au cours de ce cérémonial. Rajiv continue de me considérer avec bonté. Je songe ainsi qu'on peut être sauvé aux yeux de quelques-uns, qu'il ne faut pas désespérer tout à fait de l'espèce humaine. Nous nous séparons sur un commerce de banalités. Et moi qui n'espère rien ni ne crains personne, je quitte sa boutique curieusement rasséréné.

Dehors, la pluie a cessé et le ciel de Falmouth a des reflets argentés.

Voilà que je me sens en confiance avec Rajiv, désormais. Autorisé à lui révéler ce que je n'ai dit qu'à Luke, et encore ne l'avais-je fait qu'après deux années de captivité commune, comme le signal de notre intimité.

J'ignore pourquoi une telle confiance s'est forgée si rapidement. Je sais juste que cela s'est produit. Cela s'est insinué et c'est là entre nous, maintenant. Une chose dure et simple. Une certitude indiscutable, que nous n'évoquerons pourtant sans doute jamais. Un lien, un abandon.

« Je ne suis pas le père de l'enfant mort, bien sûr. Je suppose que vous l'aviez compris. Vous ne répondez rien mais je vois bien que cette idée vous est venue très vite. »

Oui, ça a été dans son regard, un jour, cette compréhension, cette conscience. Ça ne l'a plus quitté. Il aurait pu le mentionner, faire état de sa découverte et il n'en a rien fait. Il a opté pour le silence. Et ce choix du silence, paradoxalement, a constitué un aveu supplémentaire. Je suis bien heureux qu'il n'ait rien dit.

Ses yeux se plissent légèrement. Le reste de son visage demeure impassible, absolument. Il a l'ovale des vases précieux. Cette impassibilité, c'est pour signifier qu'il n'a rien à ajouter, que ce qui vient d'être énoncé n'a nul besoin d'être confirmé. Je scrute l'étrange immobilité de ses traits, la cire de son masque. Je suis impressionné par tant de maîtrise, de discrétion.

« J'ai découvert ce secret tout seul. Car c'était bien un secret. Le hasard ne m'a pas aidé. Marianne ne m'a rien dit. »

De fait, j'ai mené des recherches pour connaître la vérité, pour mettre une conviction face à mes doutes, pour déjouer les années de l'hypocrisie. Mené l'enquête, comme s'il s'agissait d'un autre que moi. En réalité, c'est notre incapacité à avoir un deuxième enfant qui m'a poussé à m'interroger.

« Ces tentatives, c'était son idée. Moi, je n'avais pas particulièrement envie d'être père à nouveau : j'obéissais au désir de Marianne. Ce désir d'être grosse, d'être pleine, de porter, d'expulser, d'élever, son désir d'ouvrière. »

Je regrette les mots aussitôt prononcés, mais je ne les retire pas. Je sais l'ignominie et la rudesse de mes propos, ce qu'ils contiennent de rancœur, de haine de classe, et de la hargne de l'époux floué. Rajiv se cantonne dans son mutisme, devinant que cela doit sortir maintenant, que rien ne doit venir perturber cette cérémonie de l'aveu et de l'expiation.

« Un jour, je suis allé consulter un médecin, à Penzance, où nul ne me connaissait, puisque je n'étais personne à ce moment-là hors des murs. J'ai été accueilli par un docteur indifférent, qui s'est chargé de m'oublier dès que j'ai quitté son cabinet, sans doute. Il m'a appris que j'étais stérile. Il m'a annoncé ça sur un ton détaché, presque blasé. »

La désinvolture du savant avait quelque chose d'insupportable. Son indolence, c'était comme un laxisme. Pourtant je ne suis pas sorti de mes gonds, je ne me suis pas davantage effondré. Le médecin s'est contenté de me confirmer ce que je pressentais, ce que je savais depuis toujours. Sur le trottoir, en bas de chez lui, ma jambe traînait plus qu'à l'habitude.

Rajiv tient ses mains nouées sur ses genoux croisés, affichant une élégance désuète. Il m'encourage de sa seule présence muette. Me réconforte.

« En rentrant à la maison, ce jour-là, de retour de Penzance, je n'ai rien dit à Marianne. Après, ça a été trop tard. Il aurait sûrement fallu parler tout de suite. Ça ne s'est pas passé ainsi. C'est le hasard qui l'a voulu. Ou alors la lâcheté. J'avais bien le droit d'être lâche aussi. »

Une chape de plomb s'est refermée. Le silence a grandi entre nous, a tout envahi comme une gangrène. Et Marianne n'a honnêtement pas compris ce qui était survenu. Savait-elle que je n'étais pas le père de son enfant ? Je n'en ai jamais eu la preuve. Peut-être l'ignorait-elle, après tout.

Et moi, j'ai dû m'échiner à vivre avec cette énigme, cette question jamais posée, cette réponse jamais fournie : Marianne était-elle au courant ? Vivre avec ce fait incontestable, celui de n'être pour rien dans la naissance de l'enfant, et d'être infichu de recréer la séquence de sa conception. Ça fait beaucoup pour un seul homme. Je n'y étais pas préparé. Les taciturnes comme les pondérés n'ont pas la force des flamboyants, des sûrs d'eux-mêmes : on sait cela, d'éternité.

« Le fossé s'est creusé. Notre mariage a pris l'eau. Comme beaucoup de mariages, me direz-vous. Celui-là un peu plus que d'autres. »

Parce qu'il ployait sous le poids d'un vilain secret.

Sauf qu'à Falmouth les hommes et les femmes ne se séparent pas. Ils sont indissociables jusqu'à la mort. Ils se sont unis devant Dieu, ils ne courent pas le risque d'un parjure. Et puis, ils n'escomptent pas le bonheur en retour de leur union. Ils se marient parce que c'est comme ça, parce que leurs aînés l'ont fait avant eux, machinalement. De leurs épouses, les hommes attendent qu'elles tiennent bien la maison, qu'elles s'occupent des enfants. De leurs maris, les femmes attendent qu'ils rapportent une paye et qu'ils les étreignent quand ils ne sont pas trop fatigués. La vie, c'est aussi simple, dans ces contrées. On n'est pas sophistiqués. Je peux en témoigner : je n'ai pas agi autrement.

« Mais vous savez tout ça. Je ne dois pas m'adresser à vous comme si vous étiez un ignorant. »

Forcément, Rajiv connaît cette sorte de malédiction, que personne ne songerait pourtant à nommer ainsi, par ici. Ce malheur des existences lentement anéanties.

Il connaît l'étouffement de Falmouth, la réclusion. Les existences minuscules des petites gens, il les voit défiler devant son comptoir. Au début, il a goûté cette frugalité, qui l'a reposé du désordre de Londres. Mais, à la longue, il s'est aperçu qu'un piège s'était refermé sur lui, que la médiocrité et l'insignifiance avaient pris le pas sur tout le reste, qu'il n'y avait rien à faire à Falmouth, qu'attendre d'y mourir, sous les regards avides des enfants impatients de prendre la place et de récupérer les quelques biens accumulés à force de labeur et de radinerie.

Rajiv ne peut s'empêcher de modérer son assentiment puisqu'il est l'équilibre même : « Peut-être ne faudrait-il pas donner l'impression de tenir en aversion tout ce qui touche à Falmouth. Tout de même, certains matins, l'air qu'on respire depuis le haut des falaises est si vivifiant qu'il nous fait croire qu'on gagne grâce à lui un supplément de temps. L'après-midi, les reflets sur la mer ont parfois quelque chose de bouleversant. Et quand des ciels orangés s'étirent sur la baie, le soir venu, on pourrait presque pleurer. »

Rajiv dit vrai mais son étrange poésie ne parviendra pas à faire oublier toute la mauvaise graine, la vermine, l'épouvantable apathie. Une infirmité.

Au fond, j'en veux à Falmouth d'avoir été le creuset de ma propre perte, de mon ensevelissement, d'avoir favorisé la dislocation de mon existence. Mais, en vérité, je m'en veux surtout à moi-même de n'avoir pas trouvé l'énergie de lutter, au moment où c'était encore possible, contre ce délitement, cette déchéance. Je m'en veux de l'aveuglement qui m'a fait suivre la meute. Lorsque je me suis rendu compte du traquenard où j'étais tombé, j'étais déjà ligoté.

La disparition de l'enfant est ce qui m'a permis de dénouer les liens. Il me faut admettre que le drame s'était joué bien avant que l'enfant ne passe par-dessus bord. Vrai, sa mort n'a été qu'un dénouement, une apothéose, une sorte de conclusion, de point final.

« Sans la mort de l'enfant, je n'aurais jamais quitté Falmouth. »

Rajiv ne parvient pas à réprimer un léger mouvement de recul. Il décroise ses jambes, ses mains sont provisoirement ballantes, inoccupées, comme mortes au bout de ses bras. Dans le silence trop lourd, il propose que nous nous resservions du thé. Il ne vient personne à la boutique. Des rafales de pluie balayent les trottoirs. Ce n'est pas un temps à sortir, à aller faire des courses. Le mauvais temps nuit au petit commerce, pas de doute. J'accepte la tasse de thé qu'il me tend.

« Je ne voudrais pas vous choquer ni vous mettre mal à l'aise. Vous avez tout à fait le droit de ne pas écouter mon récit, de me chasser de chez vous. Je ferai exactement ce que vous direz. Moi, à votre place, je ne suis pas certain que j'aurais l'envie ou la patience d'entendre une histoire pareille.

— C'est un thé à la menthe comme vous n'en avez probablement encore jamais goûté. Je suis curieux que vous me disiez si vous l'appréciez. »

Je suis reconnaissant à l'étrange Pakistanais des voies qu'il emprunte pour répondre à mes scrupules. Il est des hommes qui ont besoin de peu de mots pour balayer les atermoiements et s'en retourner à l'essentiel. Luke aussi, à sa manière, possède cette qualité-là.

« Comme je vous le disais, le mariage s'est gangrené peu à peu. Il y a des couples qui se défont à cause de l'adultère. Le nôtre s'est perdu sur un mensonge. »

Ou plutôt une énigme.

Mais, à la fin, la véritable et profonde raison de cette débâcle indolente, c'est l'ennui, pour sûr. Marianne et moi, nous n'avions rien à échanger, ni rien à faire ensemble. Je crois que cela a été vrai dès le commencement et qu'il nous a fallu des années pour l'admettre, et pour en accepter les conséquences.

Rajiv cherche en lui-même, comme s'il tentait d'établir des comparaisons, d'évaluer la pertinence de cette observation à l'aune de sa propre expérience, ou de sa propre connaissance. Le regard part dans le lointain, dans le vague, trahissant une pensée, une introspection. En cette seconde, mon comparse occulte tout à fait ma présence.

Toute l'ambiguïté originelle de nos noces, cet empressement que nous avons mis à nous marier, comme s'il fallait ne pas perdre de temps à se poser des questions, cette évidence que nous n'avons pas discutée, cette prédestination dont tout le monde nous rebattait les oreilles, tout cela s'est dissipé et, un matin, nous nous sommes retrouvés seuls, l'un face à l'autre.

« Savez-vous ce que c'est, ce sentiment de la solitude au sein d'un couple ? »

C'est pire qu'un délaissement : un retranchement.

Je ramène Rajiv dans le réel, avec des mots coupants. Il revient brutalement à lui, à moi. Il a devant lui ma face blême, blanche d'un dépit à peine contenu, défaite, mais mon expression est celle de la détermination. Puisque j'ai commencé, il ne s'agit pas de s'interrompre, maintenant.

« C'est l'indifférence qui est survenue en premier. »

Nous avons cessé de prêter attention à l'autre, cessé d'être inquiets, fébriles, cessé d'éprouver du désir, ou même de la tendresse. L'enfant n'est pas arrivé comme un divertissement mais comme une diversion. Et, qui plus est, il était le fruit d'amours illégitimes. Marianne avait ressenti le besoin d'aller chercher ailleurs ce qu'elle ne trouvait pas chez moi. Avec le recul, je ne lui en tiens même pas rigueur. Si j'avais eu davantage de présence d'esprit, ou plutôt davantage de vaillance ou d'audace, j'en aurais fait autant.

Je sais, au fond de moi, que cette dernière observation constitue un mensonge, qu'il ne s'agissait pas seulement de courage : le temps n'était pas venu, voilà. Et sans un événement, sans une césure, je ne serais pas devenu celui que je suis, bien sûr. En réalité, il entre de la rage dans mon soliloque, et le désir de capter l'attention. Rajiv avale plusieurs gorgées de son thé, sans manifester la moindre émotion.

« Et puis l'agacement. »

Une animosité du quotidien pour commencer, des querelles pour trois fois rien. Tous les couples se disputent mais seuls quelques-uns le font à tout bout de champ et s'égarent dans la mesquinerie, dans l'exaspération. Il suffisait que des vêtements traînent, que le repas soit servi trop tard, qu'une course ait été oubliée, que des voisins soient invités sans que l'autre en ait été prévenu. Nous nous sommes heurtés sur ce qui faisait nos jours.

Je suppose que tous les mariés du monde affrontent ce type de déconvenue. Rajiv pourrait me le faire remarquer. Pourtant il persiste à garder le silence, comme s'il devinait qu'une phrase de ce genre ne serait ni adroite ni adaptée. Il admet la singularité de notre situation. Et pressent que ce sont des désastres qui s'annoncent.

« Et peu à peu, une sorte de rancœur. »

Un ressentiment pour le bonheur qui n'était pas là, pour la routine dans laquelle nous avions sombré, pour ce à quoi nous avions renoncé alors que nous n'avions jamais eu le moindre projet. Car c'est cela, la bizarrerie. Si au moins nous avions tiré des plans sur la comète, si nous avions envisagé de partir, de nous installer ailleurs, de mener une autre existence, nous aurions pris la mesure de notre abdication. Mais il n'y avait jamais rien eu de tout ça. L'aigreur, pourtant, a grandi entre nous deux.

Rajiv se penche en avant et se sert une nouvelle tasse de thé – je n'ai toujours pas touché à la mienne. En se recalant au fond de sa chaise, dans l'arrière-boutique mal éclairée, il marmonne des paroles que je ne comprends qu'une fois la phrase achevée.

« Oui, nos abdications… Il y aurait tant à dire. Mais tout cela n'est pas si curieux, quand on y songe. »

« Après, c'est devenu une intolérance. »

L'impossibilité de supporter l'autre, de supporter sa présence, même parfois le son de sa voix. C'était dans les regards, dans les silences auxquels on s'obligeait. Puis les mots sont venus, ceux des disputes, des reproches. Tout ce qui avait été ravalé a été expulsé. Et l'enfant était le spectateur de ces scènes.

À l'instant où l'enfant fait son apparition, Rajiv se raidit. J'observe son dos bien plat contre le dos de sa chaise. Sans doute n'oublie-t-il pas que c'est l'enfant qui m'a conduit en prison, lui qui nous vaut cette conversation à une seule voix.

« Un jour, que je ne sais pas dater, l'enfant a changé de statut. Il est devenu un enjeu. »

L'épicentre de nos conflits, de nos séismes. Il n'avait rien demandé, évidemment, et il s'est retrouvé ballotté, à la merci de nos humeurs, de notre jalousie, de notre mauvaise foi.

« Quand j'y repense, tout cela me donne la nausée. »

C'est ce moment que le frère de Rajiv choisit pour traverser l'arrière-boutique. Son irruption vient comme une respiration, elle n'est pas un dérangement. Non pas que nous ne le voyions pas ou que nous le considérions comme quantité négligeable, celui devant qui des horreurs ou des secrets pourraient être débités sans que cela nous embarrasse qu'il les entende, ainsi qu'on se comporte avec les serveurs dans les restaurants, mais parce que sa discrétion est encore plus grande que celle de son frère, parce que sa présence n'est pas une gêne, parce que sa démarche est celle d'un chat, parce que tout dans sa personne incite à l'apaisement. Du coup, je m'interromps à peine. J'ai juste le temps de saisir le coup d'œil de connivence que Rajiv lui adresse, où entrent également de la solennité et une tristesse.

« Et puis j'ai lâché prise. Croyez-moi, si vous le voulez, mais il est arrivé un moment où j'ai cessé le combat. »

Tout à coup, c'était trop de férocité, trop de fiel, trop de malignité accumulée. J'aurais pu envenimer les choses encore, jeter au visage de Marianne son infidélité. Je n'ai pas osé employer cet argument, franchir cette limite. Alors j'ai abdiqué. Il ne restait plus que ça à faire, se résigner. Se taire. S'ensevelir pour de bon.

L'abdication, encore. Et sur ce mot, je sens grandir à nouveau l'attention de Rajiv. Je devine que ce sont des renoncements qui lui ont fait quitter Londres et rejoindre Falmouth. Comment pourrait-il en être autrement ? Mais à quoi a-t-il renoncé ? Ou à qui ? Il faudrait formuler ces questions. Cependant, très égoïstement, je songe que c'est mon histoire qu'on raconte. L'homme assis devant moi l'admet volontiers, lui qui se tait, alors qu'il aurait sans doute tant à m'apprendre.

« Mon silence n'a pas freiné Marianne. »

Elle, elle a poursuivi la lutte. C'est devenu un acharnement, une persécution. On aurait dit qu'elle entendait aller jusqu'au dégoût, jusqu'à un point de non-retour, en arriver à des paroles impardonnables, à des actes inadmissibles. Et pendant tout ce temps, bizarrement, pas une seule fois le mot divorce n'a été prononcé. Cela aurait été une délivrance, pourtant, mais nul ne s'y est résolu. Moi parce que j'en étais incapable, elle parce que, dans son esprit, ce mot aurait été synonyme de défaite. Et chacun de nous, peut-être bêtement, « *parce qu'il y avait l'enfant* », comme on dit.

Parce qu'il y avait l'enfant… Combien de mariages subsistent-ils par la grâce de cette seule formule ? Combien de femmes et d'hommes liés encore alors que tout s'est dénoué, et que leur progéniture contraint à demeurer ensemble ? Combien d'existences saccagées au bénéfice présumé de filles et de fils ? Combien d'années passées côte à côte simplement parce que les enfants constituaient l'ultime « bien commun » ?

L'idée d'échapper à toute cette malveillance, à toute cette boue, a pris forme tardivement et progressivement. Ça ne m'a pas sauté aux yeux comme une évidence, ça s'est plutôt incrusté ou ça s'est faufilé. Un jour, cela a été clair, d'une incroyable clarté : quelqu'un devait mourir. Par la mort, nous serions enfin en mesure d'en finir.

« Vous savez, je n'aurais pas quitté Falmouth, si je n'y avais pas été contraint. Il fallait un événement. »

La voix de Rajiv, enfin, sa voix blanche et résignée, se contente de répéter : « quelqu'un devait mourir ». Une immixtion spectaculaire dans mon soliloque, une ponctuation à laquelle je ne m'attendais pas, et qui me fait froid dans le dos alors que les mots pourtant sont les miens, une manière d'écho effrayant, comme d'outre-tombe. Rajiv m'accompagne.

« J’aurais pu me supprimer, j’y ai honnêtement pensé. C’est le courage qui m’a manqué. Au fond, je ne suis encore vivant que parce que je suis lâche. »

Oui, le véritable ennemi du suicide, c’est la couardise, bien sûr. Et son bras armé, ce serait quelque chose comme la lucidité, non ?

À moins que le suicide ne soit rien d’autre que quelques secondes d’une fatigue trop lourde.

« J’aurais pu aussi me débarrasser de Marianne. »

Après tout, elle était la source de tous mes tourments, le symbole d’une existence ratée, ravagée. Si surprenant que cela puisse paraître, c’est le souvenir de l’amour qui m’a retenu, le souvenir d’un temps heureux, léger, celui où Marianne me défendait dans la cour de l’école contre ceux qui se moquaient de ma patte folle. C’est cette lueur qui m’a empêché d’agir. Cette réminiscence.

Je songe à la dette que nous ne finissons pas d’acquitter à l’enfance, à la jeunesse perdue et que nous embellissons précisément parce qu’elle est perdue, aux moments de l'innocence et des possibles dont nous nourrissons le regret.

« Alors, ne restait que l'enfant. »

Cet enfant dont je n'étais pas le père, le fruit de la faute de Marianne, le revers de ma propre impuissance.

« Oui, Rajiv, j'ai sérieusement envisagé de tuer l'enfant. »

On ne peut rien mettre en face de ça, évidemment. Des propos comme ceux-là imposent le silence, ils interdisent la réplique. On est avec ça, ces mots fous, insurmontables ; on est démuni, impuissant ; on est éberlué, interdit ; on est sans voix, sans geste ; on est dans la stupeur intégrale, dans l'effroi absolu ; on comprend enfin le sens du terme « innommable » ; on aura traversé toutes ces années pour en comprendre enfin le sens ; on perd l'impunité à partir de ce point-là ; on entre dans la sauvagerie.

« Mais voilà, je ne l'ai pas tué. »

Je ne nie pas que les faits sont contre moi, que les circonstances m'accablent, que mes propres déclarations, à l'époque, ne sont pas venues infirmer strictement cette thèse, que la justice m'a reconnu coupable, mais je peux l'affirmer sans ciller, surtout après ce que je viens de confesser, de déballer : non, je n'ai pas tué l'enfant.

Cela n'excuse rien, bien sûr. Cela n'est rien de n'être pas passé à l'acte, je m'en doute, même si je reproche aux autres de raisonner ainsi. On n'est pas quitte juste parce qu'on n'est pas passé à l'acte. Il demeure la conscience, avec quoi il faut bien s'arranger. Simplement, je n'ai pas basculé de la sauvagerie dans la monstruosité, de la perdition dans la perte de soi. Je n'ai pas commis l'irréparable.

Je n'ai pas commis l'irréparable.

« Ce jour-là, c'était un dimanche, nous sommes effectivement sortis en mer alors que tout nous le déconseillait. »

Le drapeau était rouge, la météo mettait les pêcheurs et les plaisanciers en garde, les eaux étaient démontées, mon bateau n'était pas de la première jeunesse, certains ont même prétendu que c'était un horrible rafiot. Tout cela est exact : je ne le conteste pas.

Rajiv n'est pas un marin mais il s'est accoutumé à ces jours de tempête annoncée, quand les ciels sont bas et lourds, quand les vents sont violents, quand les vagues se fracassent contre la falaise, quand le port résonne du bruit des mâts qui balancent, quand les quais sont désertés, livrés seulement aux ondées, quand des volets mal accrochés claquent contre les façades de cottages inoccupés, quand la pluie est drue et paraît ne plus jamais devoir cesser. Il sait les préliminaires des catastrophes.

Mais on oublie trop souvent de rappeler que les bateaux sont nombreux à appareiller alors que les conditions météo sont épouvantables, ou que le rouge est mis. Je peux nommer beaucoup de gens de Falmouth qui sont partis pêcher alors que c'était formellement contre-indiqué. Je ne suis pas un marin d'eau douce non plus. On n'apprend pas grand-chose par chez nous, sauf la mer. La mer, je la connais. Et mon bateau n'était pas en plus mauvais état qu'un autre. Les experts judiciaires ont même admis sa relative solidité.

« C'est avec ce bateau, et sans dégâts, que je suis rentré au port, quand même. »

Sans dégâts autres que l'absence de l'enfant.

L'enfant était tout excité à l'idée de cette sortie. Lorsque nous avons été à pied d'œuvre, il s'est amusé comme un beau diable. Il donnait l'impression de se mesurer aux éléments, d'être plus fort que la mer elle-même. À plusieurs reprises, il a couru de bâbord à tribord puis retour, en agitant ses bras, en imitant l'avion. On aurait dit qu'il n'apercevait pas le danger. Ou bien qu'il le défiait. Je lui ai crié de prendre garde, d'être prudent. Mais il avait décidé de ne pas m'écouter. Il devait croire qu'il ne risquait rien. C'était dans l'assurance de ses mouvements, cette impunité.

« Ou alors il n'avait pas peur de mourir. »

Le verbe « mourir » fait sursauter Rajiv chaque fois que je l'emploie. J'ignore s'il faut traquer dans ce malaise une frayeur intime ou un souvenir douloureux. Un jour, si l'occasion m'en est fournie, je l'interrogerai à ce sujet. Mais me répondra-t-il ?

« Je l'ai observé et mes envies de meurtre se sont envolées. J'ai compris qu'on ne pouvait pas ôter la vie à un garçon qui en avait autant. »

Lorsqu'il a retiré son gilet de sauvetage, je n'y ai pas prêté une attention particulière. Et lorsqu'il a glissé contre les planches humides, balayées par une pluie glaciale et par l'écume des vagues où nous voguions, je n'ai pas été surpris. Je me suis simplement dit : cela devait arriver. Je me suis rappelé ma propre glissade presque au même âge sur les pavés du port. J'ai pensé : ce serait trop bête qu'il attrape le même handicap que moi, une jambe traînante. Et, dans le même élan, cette idée m'a séduit.

Avec cette infirmité, aurait-il été mon fils enfin ? Est-ce par le handicap que je serais devenu son père ? Cela crée-t-il une lignée d'être pareillement mutilés ? On l'aurait appelé le Boiteux. On l'aurait raillé pendant les récréations. Une Marianne se serait portée à son secours. Il aurait eu une mauvaise vie.

« Lorsque j'ai vu que l'enfant ne se relevait pas, je me suis dirigé vers lui en tâchant de ne pas chuter à mon tour dans le bateau qui tanguait comme à la fête foraine. Je n'ai pas aperçu tout de suite le filet de sang qui coulait de sa tempe. Mais ses mains étaient gelées. Ça m'a frappé, le froid de ses mains. Lorsque j'ai soulevé le corps et que je l'ai retourné vers moi, j'ai été saisi d'effroi par les yeux révulsés, par la bouche tordue, par le sang. J'ai relâché le corps aussitôt, glacé d'horreur. »

Les images de la mort sont toujours laides, à ce qu'on raconte. Moi, je n'en avais jamais vu.

Cela met-il à part des autres hommes d'avoir touché un cadavre ? Oui.

« L'enfant a été tué net, j'en suis certain. Il est mort sur le coup. Il n'a pas ressenti la moindre douleur. Ça a été l'affaire d'une seconde. »

Dans mes bras, il était inerte. Toute la vie était déjà partie.

« On n'a pas de doute, vous savez. Le corps d'un enfant mort, ça n'a rien à voir avec celui d'un enfant qui dort. »

On a de ces frayeurs quand on est un jeune parent, de découvrir, sans vie, un matin, son bébé qu'on croit paisiblement endormi. Et puis, on reconnaît sa respiration que nul n'entend, on sent sa chaleur sans même l'effleurer, on perçoit un imperceptible soulèvement de sa poitrine menue, un invisible battement de sa paupière, sa bouche où les lèvres collées forment un tout petit rond dans lequel la vie s'engouffre. Et la frayeur fugace et terrible et paralysante s'évanouit aussi vite qu'elle nous avait saisi.

Combien de temps je suis resté avec son cadavre serré contre moi, sous la pluie battante, au plus fort de la houle, alors que le bateau qui prenait l'eau de toutes parts menaçait de se renverser, je suis incapable de le dire. L'instant de la mort est, pour moi, d'une effrayante précision, mais tout ce qui a suivi est flou, trouble, brouillé. C'est tentant, je suppose, de jeter la suspicion sur cette version des faits, mais c'est pourtant l'exacte vérité.

« Personne ne peut raconter l'histoire mieux que moi. »

Soudain, sans que rien le laisse présager, Rajiv ponctue : « On n'invente pas ces choses-là. » Et il se tait tout aussitôt. Rajiv a raison : on n'invente pas ces choses-là.

« Que je vous dise encore : je ne me suis pas imaginé ramenant son cadavre avec moi. »

C'est ça, exactement : soudain, ça a été impossible de rentrer au port avec pour toute cargaison l'enfant mort. Je ne suis pas fichu d'expliquer pourquoi. Mais c'était très clair dans ma tête : je ne pouvais pas avoir emmené un enfant et revenir avec un mort. Ce n'était même pas une question de culpabilité, ou l'inquiétude à l'idée que les gens pourraient lire en moi mes fugitives pensées homicides. Je n'éprouvais pas du tout le poids d'une faute, d'un crime. Comment énoncer cela ? Non, je ne me sentais pas fautif, pas du tout. Simplement, je n'étais pas capable de rapporter son corps après l'avoir étreint, inanimé.

Rajiv m'interrompt pour la première fois et prononce une phrase définitive, vertigineuse : « Alors, vous l'avez passé par-dessus bord. » Il ne pose pas une question. Il fournit une réponse. Son intonation est celle de la certitude. Son autorité n'est pas discutable. Sa clairvoyance donne la chair de poule.

« Oui, je l'ai passé par-dessus bord. »

J'ai fait ça, ce geste dément. J'ai rendu l'enfant à la mer qui l'avait tué.

« Je lui ai offert la sépulture des marins. »

Car c'est bien ainsi qu'on procède lorsqu'un homme vient à mourir tandis qu'il se trouve à bord et qu'il doit s'écouler plusieurs jours avant de regagner la terre ferme. On enveloppe son corps dans un drap, on le dépose sur le bastingage, on prononce une prière et on fait basculer sa dépouille, que les flots engloutissent immédiatement. Bien sûr, nous n'étions pas si éloignés de la côte, je n'ai pas proposé à un dieu quelconque le salut de l'âme de l'enfant, j'aurais pu rapporter son cadavre mais j'ai accompli un geste dément, qui, sur l'instant, m'a semblé parfaitement raisonné.

Lorsque j'ai finalement accosté, j'ai joué la comédie de l'égarement, de la stupeur, de la douleur. J'ai appelé à l'aide, mimé les gestes du désespoir. J'ai pleuré, si je me souviens bien, j'ai réussi à pleurer. Pourtant, je n'avais pas vraiment de peine. C'était autre chose, qui est presque inexprimable.

« Quelque chose comme un affreux soulagement. »

Le lendemain, les gens de Falmouth sont partis à la recherche du corps, mais en vain. Je n'ai pas été surpris lorsqu'ils sont rentrés bredouilles. J'avais l'intuition que l'enfant avait définitivement disparu, qu'en le confiant à la mer je l'avais englouti à jamais. C'est peut-être pour cela que je n'étais pas secoué par le chagrin.

« Le deuil était accompli. »

Rajiv ponctue : « Chacun l'accomplit à sa façon. Le deuil. » Et il rallume le feu sous la bouilloire. Il nous prépare du thé. Il a envie de gorgées brûlantes comme d'autres peut-être ont besoin d'air frais. Je pourrais choisir de m'en tenir là. C'est peut-être le désir que je m'en tienne là que mon comparse manifeste en s'affairant avec sa bouilloire. Mais je suis allé trop loin maintenant. Je suis comme ces nageurs inconscients qui s'escriment sans compter, qui n'aperçoivent plus la côte tant ils s'en sont écartés, mais qui poursuivent leurs brassées, défiant le bon sens, et qu'on finit par retrouver noyés.

Pour tout le monde, cela ne faisait que commencer. D'abord sous le choc, les gens ont guetté des explications, des éclaircissements, du concret à quoi se raccrocher, et peut-être un sens à tout ça. Ils se sont intéressés à l'enquête. Ensuite, ils ont patienté jusqu'au procès. En réalité, ils ont sincèrement tenté de comprendre. À la fin, ils ont renoncé, et posé des mots très simples sur cette histoire. Des adjectifs. Et puis, ils ont cherché à oublier. Cela leur a pris du temps.

« Moi, dès l'instant où j'ai senti le corps froid de l'enfant contre le mien, j'ai su que c'était fini, que j'étais libéré. »

Cela peut paraître curieux ou le mot sembler mal choisi puisque c'est la prison qui m'attendait. Pourtant, je persiste. La prison, ce n'était forcément rien à côté de la désolation des années qui venaient de s'écouler, de se terminer.

« Je n'avais pas peur. »

Le vrai divorce avec les gens de Falmouth a débuté là, dans cette distorsion. Ils contemplaient un coupable et je me savais déjà un homme libre.

Ils regardaient à la surface des choses. En réalité, j'avais pris de l'avance sur eux. Pour qu'ils ne me rattrapent plus jamais.

« C'est Marianne qui a porté plainte contre moi. »

Elle qui a ouvert la voie à un procès. Elle a lancé ses avocats à mes basques, leur a ordonné de venir mordre mes mollets. J'avais envie de lui faire savoir que ce dernier acharnement était inutile, puisque j'avais décidé de ne pas me battre, admis d'être la proie. Il me fallait aller au bout de ça, de cette logique. Il fallait accepter d'être condamné. Mieux, il fallait le rechercher.

Sait-on jamais de quoi les femmes sont capables ? Et les mères ? Marianne a ressenti la nécessité irrépressible, inopposable, de me faire payer ses vingt ans saccagés, et la perte de son fils. C'était sa manière à elle de crever les abcès, de purger toute la mauvaise bile, d'extirper le poison. C'était aussi le moyen pour elle de ne pas sombrer dans la folie pure, de ne pas être emportée, balayée par le chagrin, de rester en vie tout bêtement. Je ne lui en veux pas.

« Au cours du procès, tout a été contre moi. »

Les mises en garde de la météo, le drapeau rouge, le gilet de sauvetage resté à bord, comme si l'enfant ne l'avait même jamais enfilé, l'absence de cadavre. Et puis la haine du petit peuple a déferlé sur moi, puisque j'étais le paria, le voyou, le monstre. Tous les témoins appelés à la barre, qui n'étaient pourtant témoins de rien, ont été à charge. L'un d'entre eux a même évoqué ma jambe folle comme preuve de ma débilité. Je ne me suis pas reconnu dans le portrait qu'on a dressé de moi.

« À partir d'un moment, j'ai cessé d'écouter. »

Rajiv intervient : « Vous étiez le coupable rêvé. Les gens goûtent les choses simples, vous l'avez mentionné. Ils ne connaissent que le bien et le mal. Vous étiez du côté du mal, sans hésitation possible. Cela les a rassurés. Leur haine, c'était presque du civisme, une bonne action. »

Quand il parle de moi, Rajiv me paraît parler de lui.

« Je n'avais pas pris d'avocat. Je n'ai même pas tenu à assurer ma défense. Certains ont considéré cette posture comme l'aveu même de ma culpabilité. Mais c'était autre chose, bien sûr : c'était en finir, une fois pour toutes, oui, échapper à tout ça. »

Tout de même, ne rien tenter pour ne pas écoper la peine maximale. Pire : adopter un comportement qui assure la condamnation la plus élevée. Il faut qu'il soit inouï, le désir de s'extraire. Il faut que la gangrène ait atteint les proportions les plus dangereuses pour réclamer une telle amputation. N'avoir plus rien à perdre, plus rien à espérer pour fuir ainsi en avant. Avoir touché une limite, atteint un point de non-retour.

Lorsque Marianne s'est présentée à la barre pour témoigner, il y a eu un silence de mort, le silence du respect dû à la mère orpheline de son seul fils, le silence de la compassion, le silence du chagrin général. Mais c'était aussi le silence attentif de ceux qui étaient venus assister à une joute, à un pugilat, à un règlement de comptes. Les autochtones avaient envie que le sang coule, que le combat soit rude, « qu'il y ait un mort à la fin ».

Rajiv me suit : « Les gens aiment le sang, celui des autres. L'odeur de ce sang. Mon père n'a jamais cessé de me rappeler que l'homme n'est qu'un animal qui sait se tenir, qui a appris à maîtriser ses pulsions primitives. Mais offrez-lui le sang et il redevient l'animal. » Pas compliqué de deviner que la famille de l'exilé a dû affronter, un jour, cette colère animale.

Ce qu'a dit Marianne, ce matin-là, au procès, j'irai peut-être puiser au fond de moi la force de le raconter, un jour. Mais aujourd'hui, malgré les années qui ont passé, malgré le temps de l'enfermement, c'est encore trop tôt. D'autres que moi seraient en mesure d'en faire le récit, ils n'hésiteraient pas à le faire d'ailleurs, si on les interrogeait, il suffirait de très peu pour qu'ils se répandent, ils seraient trop heureux. Car ceux qui se tenaient dans le public, ce matin-là, n'ont rien oublié, j'en suis certain. Ils se souviennent de chacun des mots. Les mots de Marianne, c'était un réquisitoire.

« C'était la vraie sentence. »

Rajiv ne ponctue pas. Je pressens qu'il ne me condamne pas mais la douleur d'une mère lui impose visiblement le respect. Il sait comme moi que la mort d'un enfant est au-dessus de toutes les douleurs, qu'elle constitue un drame inégalable, que tout est dérisoire à côté d'elle.

« Rien ne m'a été épargné. Si vous aviez assisté à ce carnage, vous ne seriez pas surpris de la haine que les gens de Falmouth me vouent désormais, qui ne s'éteindra jamais, qui même ne faiblira jamais. »

Tout n'était pas exact dans le témoignage de Marianne. J'y ai relevé beaucoup d'approximations, quelques mensonges, mais j'y ai vu surtout une manière d'éclairer notre vie qui faisait d'elle une sainte et de moi un scélérat.

C'est vrai, on a envie, besoin que le monde soit blanc ou noir, que les hommes soient innocents ou coupables, des saints ou des salauds. C'est un découpage qui rassure. Chacun a son emploi, tient son rôle. Le gris, cela ne fait pas notre affaire. L'entre-deux, on ne sait pas bien où ça se trouve. Les frontières doivent être clairement établies, dessinées. Selon le côté où on se trouve, on est ainsi capable de dire à quel camp on appartient. On a besoin de choses limpides, et lisibles, et dures. Pourtant, à moi, il m'arrive de croire que la réalité est plus contrastée. Rajiv, qui paraît avoir suivi ma pensée, lâche calmement : « On m'a enseigné que la lumière et l'ombre étaient indissociables. »

« Je n'ai pas contredit Marianne une seule fois. Après tout, elle avait peut-être raison. On peut avoir raison aussi quand on falsifie la vérité. »

J'ai été condamné sévèrement par un jury populaire, sûr de sa vindicte et des valeurs qu'il estimait défendre. La négligence coupable a été retenue contre moi mais, si on avait pu établir l'homicide, on ne s'en serait pas privé. Les jurés ne disposaient pas des preuves de mon intention de donner la mort mais, dans leur esprit, cette intention ne faisait pas de doute.

À quelques minutes près, ils n'auraient pas été dans le faux puisque aussi bien, juste avant que l'enfant ne meure, sa disparition me semblait souhaitable, même nécessaire. Lorsqu'elle est advenue, je n'ai pourtant pas manqué d'en être absolument dévasté. Commettre un infanticide, cela exige-t-il une aptitude que je ne possède pas ?

« À l'instant précis où la sentence a été prononcée, j'ai simplement pensé : "Ça y est, cette fois, pour de bon, je vais quitter Falmouth." »

À l'issue du procès, j'ai été transféré à la prison de Stonehenge.

Je conserve le souvenir précis, physique, d'une délivrance. Cela a été comme se délester d'un poids, en finir avec ce qui n'aurait pas dû être, se mettre en situation de maîtriser son destin, enfin. Il y a des hommes qui mettent longtemps à devenir ce qu'ils sont, à ce qu'on prétend. Je suis de ceux-là.

« N'allez pas imaginer que je sois revenu pour assouvir une vengeance. »

Ou dans le but de prendre une revanche, ou même que je conçoive ce retour comme une provocation. Il ne s'agit de rien de tout ça. Je ne suis pas là non plus pour demander pardon. En réalité, j'attends qu'on vienne me chercher et je sais que c'est seulement ici qu'on me trouvera.

« Voilà, j'attends quelqu'un. »

Rajiv me considère sans étonnement apparent. Il a écouté l'histoire. Il l'a écoutée jusqu'à son terme. Mais il la connaissait avant que je la raconte, cela me paraît une évidence maintenant que j'en ai terminé.

Rajiv me fixe sans me juger. Il savait que je n'étais ni coupable ni innocent. Il plisse légèrement les yeux.

Rajiv ne m'absout pas. Ce n'est pas son emploi. Il ne m'accable pas. Ce n'est pas son genre. Il plisse légèrement les yeux.

Rajiv ne m'interroge pas. Et c'est autre chose que de la simple discrétion. Autre chose que du tact, aussi.

Je n'espère rien de lui, que son silence, et sa présence, cette puissance.

Il me propose de me servir à nouveau du thé. Celui qu'il a versé tout à l'heure a refroidi dans ma tasse.

LIVRE TROIS
BETTY OU LE CHÂTIMENT

Betty Callaghan est une grande fille toute simple. Pas vraiment belle. Par endroits, ses formes sont indistinctes. Son visage ne retient pas particulièrement l'attention. Mais, à y regarder de plus près, on se rend compte qu'il y a quelque chose dans sa silhouette, dans sa démarche, dans les taches de rousseur sur ses joues, dans son sourire aussi, qui est de l'adolescence. Betty Callaghan vend des journaux dans la boutique où je m'approvisionne le matin. C'est elle qui me rend ma monnaie. J'ai chaque jour l'occasion d'observer ses mains : elles sont fines et longues. Ça n'est pas rien, une fille qui a des mains fines et longues. Et des taches de rousseur sur les joues.

Alors que sa patronne me considère avec un profond dédain, pour bien marquer sa solidarité avec sa clientèle, tant il est vrai qu'il faut hurler avec les loups dès lors qu'ils achètent des journaux, Betty persiste à m'offrir son plus beau sourire, celui, précisément, qui la ramène à l'adolescence. Je suppose que la vieille la sermonne dès que je tourne les talons et lui explique que les pestiférés ne méritent pas d'attentions. Du coup, je suis séduit que Betty s'entête à faire comme si elle n'entendait rien et à me rendre ma monnaie sans s'occuper du sang qui sèche sur mes mains à moi.

Betty porte des pulls informes qui lui vont bien ou des cache-col interminables. Elle a pourtant toujours un peu froid : cela doit lui venir des courants d'air qui ne cessent d'aller et venir dans la boutique au rythme des clients qui s'y croisent.

Par la fenêtre, dans les moments de répit – et il doit y en avoir de nombreux, passé dix heures du matin –, elle contemple les bateaux de pêche qui quittent le port ou qui y accostent, les cargaisons que l'on décharge, le ballet des ferries, les touristes fourvoyés qui en descendent de temps à autre, le désordre du quai, et la chaîne ininterrompue des hommes qui se rendent au *Chain Locker*. Il ne lui a donc pas échappé que je suis un « habitué » du café.

Aujourd'hui, pour la première fois, Betty m'adresse la parole. Et c'est justement pour me signaler qu'elle m'aperçoit tandis que j'entre au *Chain Locker* ou que j'en sors. Elle ne m'épie pas, non, mais parfois on s'ennuie tellement, on n'a rien d'autre à faire que reluquer par les fenêtres, compter les passants. Je ne lui reproche rien : c'est une occupation comme une autre et je ne suis pas gêné de divertir une jeune femme de son ennui. Il est des emplois moins gratifiants.

Pendant notre conversation, les lèvres de sa patronne demeurent ostensiblement scellées. Si elle les entrouvrait, apercevrait-on de la bave à leurs commissures ? Je m'arrête sur son faciès strié de rides, son chignon gris, sa peau presque transparente où de minces veines bleues dessinent des formes monstrueuses. Je suis certain que la méchanceté n'est pas venue avec la vieillesse, que tout était déjà là au commencement, que les années n'ont fait qu'accentuer ce trait de son caractère. À côté d'elle, le teint frais et rose de Betty tranche. Ses joues sont un peu rondes, ses pommettes sont hautes, ses yeux éclatent. Betty n'est probablement pas une enfant de chœur mais elle est au moins appétissante. Pourtant, je n'éprouve pas le désir d'elle.

Le désir des femmes, je l'ai égaré, si je l'ai jamais eu. Je n'ai voulu que Marianne dans ma vie. Je l'ai eue. Cela n'a jamais fait de doute dans mon esprit, ni dans celui de ceux qui nous entouraient alors, qu'elle deviendrait ma femme, un jour. Je ne me suis pas posé de question. J'ai suivi la voie qui était tracée. Ça n'était pas difficile. Je n'ai jamais ressenti le regret des autres femmes. Non, la connaissance d'une autre ne m'a pas vraiment manqué.

Dans ce pays dont les ciels sont voilés, les aubes mouillées, les matins froids, et où les silhouettes sont pliées contre le vent mauvais, Betty est une sorte de contre-pied, la preuve que la brume n'a pas raison de tout. À Falmouth, malgré Falmouth, de jeunes femmes rieuses sont possibles. Rajiv, qui ne connaît Betty que de vue, qui ne lui a jamais adressé la parole, partage mon étonnement. Mais tout aussitôt, il ajoute : « Et pour ce rire, combien de larmes ? » Je ne ponctue pas son propos, ne sachant pas si l'énigmatique commerçant énonce une généralité ou s'il dispose d'informations que j'ignore.

Au *Chain Locker*, quelques bribes supplémentaires me sont lâchées, indirectement, bien sûr. Gary Miller parle haut, parle fort, pour qu'on l'entende, pour que je l'entende. Il évoque « la fille des journaux » en termes plus ou moins grossiers, avec des exclamations outrancières, et achève sa péroraison sur un proverbial : « Une chienne ne fait pas des chats. » Gary Miller doit savoir ce qu'il veut dire mais cela ne m'intéresse pas.

À cause de l'humidité, ma jambe me fait mal, elle traîne davantage qu'à l'accoutumée. Lorsque je sors du café, je saisis au vol le mot « boiteux » assorti d'un « quel couple ! ». Je songe qu'à Falmouth, où rien ne se dit mais où tout se sait, la nouvelle de notre conversation s'est propagée et que les sarcasmes ont déjà débuté. J'y puiserais presque un encouragement, si j'en avais besoin.

Je passe devant le magasin de journaux. Betty se tient debout derrière son comptoir, elle feuillette un magazine, elle ne me remarque pas. Je l'observe sans qu'elle s'en doute. J'aime cette posture des femmes qui tournent distraitement les pages d'un magazine, qui ont cet air faussement concentré, absent au monde, qui rêvassent plus qu'elles ne lisent, qui vagabondent là où nul homme n'est en mesure de les rejoindre, qui sont belles parce qu'elles ne sont pas apprêtées, qui ont du charme parce qu'elles ne cherchent pas à séduire, qui sont détendues parce qu'elles sont inattentives. J'ignore quelle infamie porte la vendeuse de journaux, quel secret Gary Miller détient à son sujet mais, derrière son comptoir, elle semble parfaitement innocente.

Je demeure quelques instants face à la devanture. J'en suis chassé dès que la vieille fait son entrée, jaillissant d'une porte dérobée dans le fond de la boutique. J'ai juste le temps de sourire lorsque je me rends compte que cette intrusion ne perturbe nullement l'attention de Betty qui ne lève pas le nez de sa lecture. Cette indifférence, qui est comme une résistance, me plaît beaucoup, m'enchante.

Deux heures plus tard, mes pas me ramènent encore vers le magasin. En réalité, je marche au hasard et on a vite fait le tour de Falmouth. Au moment où je longe le trottoir, Betty franchit la porte, avise la couleur du ciel, relève son col et s'apprête à partir dans la direction opposée à la mienne. Alors instinctivement, oui, c'est ça, sans réfléchir au sens de mon acte, je l'interpelle. Je crie son prénom dans la rue déserte, tachée de flaques de pluie. Elle se retourne, un peu surprise, elle n'a pas reconnu ma voix. Elle ajuste son regard et quand un sourire se dessine sur son visage, je comprends qu'elle a deviné à qui elle a affaire. Ce sourire gratuit, franc, libre, presque involontaire, c'est comme un baume. Tout le temps que je mets à me porter à sa hauteur, ce sourire ne s'efface pas. À mesure que je m'approche, il prend l'allure d'un triomphe.

Elle vient de terminer sa journée, se préparait à regagner son domicile. Avant de rentrer, elle doit passer prendre un colis au port. Elle ne me demande pas pourquoi je l'ai apostrophée. Elle a pressenti que j'ai agi sans intention particulière, simplement parce que je l'ai aperçue. Elle a ce savoir des femmes.

Et puis cette discrétion quelquefois quand elles sentent qu'il ne sert à rien d'enfoncer des clous, que leur victoire ne fait pas de doute, qu'elle ne sera pas discutée, qu'elle ne sera pas l'objet de commentaires. Il y a de la malice dans ses yeux qui frisent, et le plaisir de s'imaginer désirée.

Elle me propose de l'accompagner jusqu'au port, « si je n'ai rien de mieux à faire ». Évidemment, je n'ai rien de mieux à faire. Et sa proposition est moins une invitation que le constat de mon allégeance, de ma docilité. J'emboîte son pas. Je me tiens un peu en arrière d'elle, un peu gauche. Je manque de perdre l'équilibre sur le rebord du trottoir. Elle se moque de moi gentiment. Toujours le sourire.

D'abord, nous ne parlons pas. Il y a juste le bruit de nos pas sur l'asphalte humide, le souffle du vent du soir qui s'engouffre dans nos cous ; il y a nos têtes baissées, nos nez rougis, le froid des corps, la compagnie muette de l'autre, la marche silencieuse. Et puis, sans que rien le laisse présager, Betty prend la parole. Je crois qu'elle va faire une allusion au temps qu'il fait, ou au colis que nous allons chercher. Mais non, c'est autre chose, de ces choses qu'on ne dit pas quand on ne se connaît pas, mais que Betty dit pourtant, puisqu'elle n'est pas une fille comme les autres.

Elle dit que je suis « un homme comme elle les aime ». Elle ne tient pas à me mettre mal à l'aise mais elle a besoin de le dire là, maintenant, de formuler ça, cette attirance.

Elle prétend qu'il ne s'agit pas d'un goût biscornu, ce goût de moi, qu'elle ne ressent pas un attrait particulier pour les proscrits. Si je n'avais pas fait de prison, elle m'aimerait pareil. « Vraiment », c'est étranger à ce malheur sur moi. « Vraiment », ça ne vient pas de ce que j'ai traversé. Elle est simplement prête à admettre qu'elle est agacée du bannissement dont je fais l'objet et que ça l'a plutôt confortée dans son envie d'aller vers moi.

Elle dit qu'elle n'a pas davantage vaincu une réticence, qu'elle n'a pas eu à prendre sur elle, qu'elle ne s'est pas réellement posé de questions. Bien sûr, ça aurait pu la faire reculer, ma réputation, ce sang sur mes mains, mais non. Elle ne s'intéresse pas « à ce que font les gens, mais à ce qu'ils sont ». Que sait-elle, au juste, de ce que je suis ?

Ce qu'elle a remarqué en premier chez moi, c'est cet air distant, cette indifférence, comme une nonchalance. Ça l'a poussée dans ma direction, ça ne l'a pas rebutée du tout. Elle ne se serait pas approchée d'un homme qui l'aurait reluquée, qui se serait exposé, vanté. De ces hommes qui portent leur virilité en bandoulière. Elle trouve ça bien que je sois toujours un peu au-dehors. Je me rappelle que Marianne avait été séduite par ça aussi. Je ne suis pas sûr que ce soit bon signe.

Elle dit que la maigreur me va bien, cette fragilité de l'apparence. C'est comme une grâce selon elle, ou comme un reste d'enfance. Elle se méfie des hommes qui ont de grosses mains, dont la corpulence est généreuse, dont les étreintes sont trop fortes. Elle s'est toujours sentie étouffée entre leurs bras. Que je me rassure, elle ne me demande pas, par des moyens détournés, de la serrer dans ces bras : « C'est une image. »

Elle n'est pas le genre de fille à aguicher les garçons. Elle serait plutôt du genre timide. Elle n'a pas connu beaucoup d'histoires dans sa vie. Quatre, cinq, pas tellement plus. Mais elle n'est pas effarouchée. Ça ne la gêne pas de dire ce qu'elle pense, y compris quand elle pense du bien. Elle espère que je ne suis pas choqué.

Je la regarde du coin de l'œil, sans lui répondre. Le silence vaut absolution. Lorsque nous parvenons au port, elle m'indique le hangar où elle doit aller récupérer son colis. Je lui annonce que je vais la laisser là, alors, que je vais rentrer. Un peu interloquée, elle me demande si elle m'a vexé, si elle a dit quelque chose qu'elle n'aurait pas dû dire. Je lui souris en lui répondant que non. Simplement, il est tard. La nuit arrive.

Betty me sourit à son tour. Je la vois qui s'éloigne vers les hangars. Elle enjambe maladroitement les cordages. Elle zigzague entre les cargaisons déposées là, les caisses en bois éventrées, les palettes qu'on ne récupérera que demain. Je ne la quitte pas des yeux. Quand elle parvient à son point de rendez-vous, elle se retourne vers moi. Elle était certaine que je ne serais pas parti. Elle m'adresse un au revoir de la main. De loin, je lui fais un signe. Elle disparaît derrière une porte.

Betty a pris place devant moi, elle est bien calée au fond de la banquette, bien droite. Au bout de son bras gauche tendu, une grenadine. Je pensais qu'il n'y avait plus que les petites filles pour boire des grenadines. Betty doit être une petite fille, encore.

Elle m'a donné rendez-vous au *Chain Locker*. Elle a fixé ce rendez-vous sur un ton décidé qui interdisait que je le décline. Tout de même, elle m'a gratifié d'un joli sourire. C'était impossible d'aller à l'encontre d'un tel sourire. J'ai dit oui.

J'ai pensé : ce sera notre premier rendez-vous. C'est maintenant.

Je suppose que, selon elle, le temps est venu que nous ayons une conversation. Une vraie. Une où je parle. Elle escompte que je vais lui révéler la vérité vraie, la vérité forcément cachée de cette histoire qu'on a dû lui murmurer des centaines de fois, et qui a été à ce point déformée, transformée, défigurée, que personne n'y reconnaît plus rien.

Et puis aussi, je redoute qu'elle ait préparé une nouvelle déclaration. Peut-être, comme toutes les petites filles, croit-elle aux contes de fées.

Elle balaye mes spéculations et mes craintes d'entrée : « Je n'ai pas envie de t'entendre me parler de Marianne, et encore moins du fils mort. Entre nous, cette discussion-là, elle est inconcevable. »

Betty ne souhaite pas partager avec moi le souvenir de l'amour pour une autre, ni mettre entre nous le cadavre d'un enfant.

« Si je faisais ça, je nous condamnerais aussitôt. »

Les fillettes ne cessent jamais de nous surprendre.

« Et je ne suis sûrement pas capable d'entendre une histoire pareille. »

Elles sont impressionnables aussi.

« Non, moi, j'aimerais que tu me parles de la prison. De l'enfermement. »

De l'homme nouveau que j'assure être devenu dans l'enfermement.

« Il faudra que je supporte ce récit, que je ne me bouche pas les oreilles, je sais. »

Elle estime sans doute que, si elle me supplie d'arrêter, c'est qu'elle n'est pas une fille pour moi. Que si elle ne s'approche pas au plus près de moi, si elle n'entrevoit pas mon véritable visage, si elle ne m'accompagne pas dans ma traversée, c'est que nous n'avons rien à faire ensemble.

Je suis dérouté par sa demande, que je n'attendais pas. À bien y réfléchir, je suis disposé à accorder à Betty le bénéfice d'une vraie habileté et d'un certain courage.

Je suis empêché de lui mentir. Tout doit être dit, posé sur la table. À la fin, elle ne pourra pas soutenir qu'elle ne savait pas.

J'observe son joli minois, ses lèvres rougies par la grenadine, le teint diaphane ponctué de rousseur, et cette sorte d'épuisement malgré la fraîcheur, cette impression que tant a déjà été vécu malgré la jeunesse, ces stigmates malgré la pureté. Betty porte ses blessures avec élégance, avec désinvolture.

Le *Chain Locker* est vide à cette heure de la journée. Le serveur est installé derrière son comptoir, absorbé par la lecture d'un journal spécialisé dans les courses de chevaux. Il paraît nous ignorer. Il tendra sans doute l'oreille de temps en temps mais, pour lui, c'est comme si nous étions déjà morts.

« C'est l'hiver, quand j'entre en prison. C'est décembre. »

C'était un jour pluvieux et gris, je m'en souviens. Un jour sale. Deux policiers m'accompagnaient. Quand je suis descendu du fourgon, devant la maison d'arrêt, la terre ressemblait à de la glaise, à de la boue, elle collait aux chaussures. Le bâtiment était imposant, des briques rouges, du béton. Un ensemble vétuste. La porte avait des proportions gigantesques, comme il n'en existe que dans les cauchemars des enfants. Il fallait plusieurs hommes pour l'ouvrir.

Betty est immobile sur sa banquette. Elle s'oblige à cette inertie, cette ankylose, c'est patent. Et elle a un peu une âme de midinette, sans que cela ait rien d'infamant d'ailleurs : elle pressent que la prison, je ne l'ai encore jamais racontée à personne. Elle a la sensation qu'un privilège lui est accordé. Et que ce privilège est le symbole de la singularité de notre lien. Elle n'a pas tout à fait tort.

« Les gardiens qui nous ont accueillis étaient jeunes ; ils avaient des mines fatiguées mais pas antipathiques. Ils ont questionné les policiers mécaniquement. Les autres ont répondu par des phrases très brèves. J'ai entendu mon nom prononcé, mon identité déclinée. J'avais l'impression qu'on parlait d'un autre. Ce qui frappe en premier quand on arrive en prison, c'est cette sensation d'irréel, ce décalage infime et pourtant gigantesque entre celui que les autres observent et celui qu'on est. »

Betty plisse ses yeux avec l'intention de me démontrer qu'elle est attentive. Elle penche un peu la tête, on lui a assuré que ça donne l'air intelligent. Et elle adopte une mine un peu contrite, ce qui est sa façon de compatir. Je peux démonter en une seconde les mécanismes de son comportement. Pourtant, je ne lui reproche pas cette posture qu'elle emprunte trop vite. Au fond, je l'aime aussi pour sa superficialité, son innocence.

« J'ai aperçu une cour. J'ai vu les grillages, les barreaux. J'ai songé : c'est un autre monde ; je viens de passer une frontière. C'est ça, absolument : je viens de passer une frontière. »

De l'autre côté, je ne connaissais pas le langage, les codes, les procédures, le fonctionnement, les habitudes, les risques. Je ne connaissais rien. J'étais dans l'ignorance intégrale mais « je n'avais pas vraiment peur ».

Elle devine qu'elle non plus ne devra pas prendre peur. Elle a cette intuition de ceux qui cherchent à séduire. S'adapte à son interlocuteur. Fait fi de ses propres sentiments et s'aligne sur ceux de l'autre. Et tâche de prouver qu'elle n'est pas seulement une jeune femme un peu frivole qui sirote une grenadine. La peine qu'elle se donne et dont je serais incapable moi-même m'attendrit.

« Mon état civil figurait sur un document qu'on m'a tendu : j'ai griffonné ma signature, sans réfléchir. Je n'ai pas posé de questions. »

C'était le mutisme obligatoire.

« On comprend tout de suite qu'il ne faut pas parler, rien demander, ne pas se faire remarquer, se comporter comme si tout était normal. »

Betty acquiesce d'un hochement de tête répété. Bien sûr, elle n'avait pas réfléchi à tout cela auparavant mais maintenant que je le lui expose, cela lui paraît une évidence. La lumière sur le visage lui va bien, elle accentue son ingénuité, sa pureté.

« Les policiers m'ont abandonné, sans une parole, sans un regret. Ils avaient terminé leur boulot. Eux, ils avaient terminé. Ils pouvaient rentrer chez eux, aller retrouver leurs femmes, leurs enfants. Les gardiens m'ont pris en charge. C'est avec eux que les jours allaient s'écouler. Ils étaient mes nouveaux compagnons. Quand la porte s'est refermée sur les policiers, j'ai pensé : c'est ça, la réclusion, c'est maintenant, ça vient de commencer. »

La fille à la grenadine pressent qu'il convient de ne pas en perdre une miette, désormais, de ne pas rater un épisode. Je déplore juste, en silence, qu'elle ait le regard vide et avide des ménagères installées confortablement devant leur télévision chaque après-midi au moment où « EastEnders » est diffusé.

« L'un des gardiens m'a fait signe de le suivre. J'ai obtempéré, comme on dit. Emboîté son pas. On a traversé la cour. Il y avait le bruit des enjambées contre les pavés de la cour, et la pluie sur les épaules. Je me concentrais sur la nuque du gardien, son dos. Sur les clés qui tressautaient contre sa hanche gauche. Je me suis dit : c'est comme dans les films. »

Je lui en donne pour son argent. Puisqu'elle est au spectacle, il ne faut pas omettre ces détails qui vous installent au cœur de l'action. Je crains tout de même qu'elle ne soit pas le genre de personne capable de se faufiler dans une histoire comme celle que je rapporte.

« On s'est présentés à une première grille. »

Il y en aurait beaucoup d'autres.

« L'homme a fait tourner une de ses clés avec une habileté qui m'a impressionné. L'habitude, sans doute. Le coup de main. Il m'a fait passer devant lui et m'a juste annoncé : "Je te laisse ici. Mon collègue s'occupe de toi." En effet, face à moi, se tenait un autre gardien, que je n'avais pas entendu arriver. Le premier avait déjà disparu. »

Un ballet étourdissant.

Betty ne m'interrompt pas. Elle écoute et il me faudrait déployer des efforts considérables pour débusquer dans ma mémoire un être qui m'ait, un jour, écouté avec une telle acuité. Mes parents ne m'ont jamais accordé pareille vigilance. Les gens de Falmouth, n'en parlons pas. Et même Marianne ne s'est jamais vraiment intéressée à moi, comme Betty s'y emploie en cet instant précis. Je crois que, de sa part, il ne s'agit pas seulement d'un élan amoureux. En vérité, Betty Callaghan est une fille gentille, attentionnée, qui prend soin des autres. Et toute ma pauvre ironie est bien déplacée. Je ne suis assurément pas un type qui la mérite.

« J'ai franchi un portique, j'ai été fouillé alors que tous mes effets avaient été saisis pourtant. Pendant la fouille, je fixais les murs, ils étaient verts. Le nouveau m'a montré le chemin. On a bifurqué sur la droite. On a pénétré dans une pièce assez sombre, où je ne suis plus entré que le jour de mon départ. Un troisième gardien m'a accueilli. M'a demandé de me déshabiller. »

Sa voix était douce, calme. Ses yeux ne se posaient pas sur moi. Comment ne pas apercevoir le détournement de son regard ? Son embarras peut-être devant ma nudité.

« J'ai songé : et s'il m'arrivait quelque chose, qui le saurait à l'extérieur ? Personne, bien sûr. J'étais retranché du monde. »

Elle m'accompagne dans ce retranchement. Je sens qu'elle est là, avec moi, qu'elle veille sur moi, qu'elle appellerait au secours si on me faisait du mal, qu'elle est mon ange gardien. Dans les moments de la plus violente solitude, pourquoi ne disposais-je pas d'un ange gardien comme elle ?

« J'ai enfilé l'uniforme qu'on m'a tendu. C'était ma taille. C'était la taille de tout le monde. Un vêtement sans forme, qui grattait un peu. J'ai remarqué tout de suite des plaques rouges sur le haut de mes hanches, sur mes avant-bras. »

Après, ça a été l'interminable litanie des couloirs.

« Et pas un mot échangé avec celui qui me conduisait jusqu'à ma cellule. Je sentais qu'on me toisait. »

Les présences invisibles, je ne les ai pas oubliées. Les chuchotements derrière les grilles, je ne les ai pas inventés. Les souffles sur ma nuque, c'étaient ceux des condamnés.

« Au bout du chemin, la cellule, finalement. Quatre mètres sur trois, et un type avec qui la partager. Je l'ai salué et il m'a répondu par un hochement de tête. Il était vieux. C'est ça que j'ai remarqué, d'abord : sa vieillesse, ses traits tirés, sa barbe de deux jours sur des joues creuses. La porte s'est refermée sur nous deux. Je ne savais pas quoi faire, ni où m'asseoir. »

Je n'avais pas particulièrement envie de pleurer.

« Tout de même, je faisais un effort pour ne pas m'évanouir. »

Quand je prononce ce dernier mot, s'évanouir, l'expression de Betty est celle de la compassion sincère, indiscutable. C'est celle de la plus profonde humanité. Je mesure alors ce qui nous sépare, elle et moi.

« L'idée de la prison et la prison, c'est deux choses radicalement différentes. J'avais voulu la condamnation parce que c'était quitter Falmouth. J'avais accueilli mon jugement sans être accablé parce que c'était une manière d'en finir avec avant. Mais je n'avais pas imaginé l'enfermement. D'ailleurs, l'enfermement, c'est inconcevable. Quand je me suis retrouvé dans la cellule, j'ai pensé : il y a de quoi devenir fou, ici, évidemment. »

Oui, c'est impossible de ne pas deviner la folie, en embuscade.

La jeune femme ne parvient pas à dissimuler sa surprise. Elle semble étonnée que je lui présente mon bannissement simplement comme le moyen de m'extirper de ma ville natale. Si elle a facilement perçu le ressentiment qui nous lie, cette ville et moi, elle n'avait visiblement pas compris que je sois allé jusque-là dans le seul but de m'enfuir. Du coup, elle a à peine écouté mes paroles au sujet de la folie. Je l'y ramène.

« La folie, elle s'est manifestée presque tout de suite. D'abord, j'ai détruit ma cellule. »

J'ai exercé la violence contre les murs, contre l'espace, parce que tout était trop étriqué, trop petit. J'ai jeté le mobilier, cassé les chaises contre les barreaux des fenêtres, retourné les lits. J'ai cogné contre les portes.

Cela se bouscule tout à coup, dans sa tête. Je note l'affolement du regard, le léger tressaillement autour des yeux, le mordillement des lèvres, la nervosité des mains. Tout à coup, c'est beaucoup pour elle, trop à la fois peut-être. Elle n'a pas eu le temps de s'habituer à un premier cataclysme qu'un deuxième surgit. Mais elle persévère dans son silence. Elle s'est juré de ne pas demander grâce.

« Le vieux m'a regardé faire, sans un geste, sans un mot. Il a attendu que ça se termine, que les gardiens déboulent. Il devinait que je ne m'attaquerais pas à lui. Il avait l'air de trouver ça normal, que je saccage, que je détruise. Plus tard, il m'a dit que beaucoup de nouveaux agissaient de la sorte, qu'ils ne pouvaient pas s'en empêcher, qu'il n'y avait pas de quoi s'étonner. Il m'a dit que certains faisaient ça pour montrer leur force, leur capacité de nuisance, un désir de résistance, un refus d'abdiquer. C'est des gens qui souhaitent qu'on ait peur d'eux, oui, qu'on les craigne, à cause de cette violence. Il a ajouté que chez moi, on voyait bien que ce n'était pas ça, que j'étais juste un type un peu dérangé, un peu désespéré. Je lui ai fait pitié, je crois. Il a dit aussi que les gardiens ne se sentaient jamais responsables de la violence des prisonniers, que ça ne les concernait pas du tout, et qu'ils se contentaient d'appliquer les consignes. Ils m'ont collé au mitard pendant trois jours. »

C'est ma placidité qui décontenance Betty, j'en suis convaincu. Cette façon traînante et épuisée que j'ai d'énoncer les choses. Cette impression que je donne que rien n'est jamais grave, et que les pires turpitudes sont ordinaires.

« Après, il y a eu les crises d'épilepsie. »

Des attaques convulsives très brèves, imprévisibles, brutales. À la fin, je perdais connaissance. Pourtant, je n'avais jamais été malade des nerfs. C'est arrivé avec la prison. Je suppose que le corps parle. Je suppose que, lorsqu'on est submergé par la panique, on ne peut pas retenir le corps d'être saisi de tremblements, de spasmes, de se désarticuler, de devenir une chose monstrueuse qui se débat en dehors de nous, qui se soustrait à notre contrôle, qui agit au mépris de notre propre volonté. Voilà, il y a cela qui se produit : le corps s'échappe, nous échappe. On ne le maîtrise plus. Il décide pour nous.

La fébrilité de Betty s'amplifie. Elle mord ses lèvres jusqu'au sang ; ce rouge des lèvres, ce n'est plus celui de la grenadine. Elle saisit son verre des deux mains, tend ses bras, rentre ses épaules, elle adopte la position des passagers des voitures avant les accidents.

« C'est spectaculaire, un épileptique. C'est le vieux qui m'a raconté. La première fois, même si c'est un type à qui "on ne la fait pas", il a été paniqué. »

Pétrifié d'effroi, paralysé par ce dérèglement, ce débordement, par la sensation très nette que des forces diaboliques étaient à la manœuvre, que l'être tout entier était possédé. Le vieillard, il était dans l'impuissance absolue, dans l'incapacité à mettre un terme à la crise. Il n'a pas osé se saisir du corps, pas tenté de mettre fin à ce désordre insensé. Il ignorait les gestes. Il a juste eu le réflexe de réclamer du secours, de gueuler pour qu'on vienne. Il a cru que les convulsions annonçaient la mort, que la sanction, que l'épilogue, ce serait la mort, une mort foudroyante, pour que le corps recouvre enfin le repos. Il prétend que la mort, à cet instant-là, aurait été un moindre mal, une sorte de délivrance, la fin du chaos.

« Des crises, j'en ai fait à répétition. Quand je revenais à moi, quand je reprenais connaissance, après, je ne me souvenais de rien. Les gardiens me fichaient la paix. »

Sur le rebord des cils de Betty, j'aperçois distinctement une larme. Comme si l'émotion ne pouvait pas être contenue. Comme si la commotion était trop forte. Ou comme si cet ébranlement était le signe d'un traumatisme plus profond, plus ancré.

« Et puis, parce que cela ne suffisait pas sans doute, je me suis tailladé les bras à trois reprises. »

Je ne voulais pas mourir, pourtant. Ce serait faux de prétendre avoir cherché à me supprimer. Bien sûr, les gens de l'administration ont noté dans leurs rapports que j'avais « attenté à mes jours ». Dans mon dossier, figurent trois tentatives de suicide. Moi, je sais que c'étaient plutôt des mutilations, le désir d'entailler le corps. Mais je ne sais pas expliquer cela précisément. C'était peut-être simplement de la démence. L'assistante sociale a évoqué, un jour, « ma très grande souffrance ».

Cette fois, la fille à la grenadine prend vraiment peur. C'est sur elle, la frayeur. On ne voit que ça maintenant. C'est un affolement, un effroi, quelque chose qui pourrait virer à la panique. Pas un dégoût, pas une répulsion. Plutôt un trouble très violent, une sorte d'épouvante. Betty Callaghan ne sait plus ce qu'elle doit penser, ni qui est exactement l'individu assis devant elle, dans ce café désert, un jour de fin du monde.

« Pourtant, cette insurrection, ce n'était pas ce que l'assistante sociale imaginait. »

C'était, bien sûr, une conséquence de l'enfermement. Mais c'était surtout, et désormais je l'affirme avec certitude, ma façon à moi de solder les comptes, de purger le mal, d'en terminer avec celui que j'avais été. Il fallait ce retranchement, ce sac, ce châtiment infligé « pour tuer le Thomas Sheppard de Falmouth ».

J'emploie le verbe « tuer » à dessein. J'ai décidé qu'il fallait tout dire, ne pas biaiser, ne pas amoindrir, être parfaitement clair, transparent, jusqu'à l'inaudible, jusqu'à l'insupportable. C'est le tribut à payer pour m'accompagner. Betty a la tentation de se lever, de partir, mais elle est retenue à la banquette par une pesanteur inouïe. Elle est comme écrasée, anéantie. C'est elle qui l'a voulu.

« Oui, s'extraire de la chrysalide, jouer des épaules pour la déchirer, et puis la réduire en charpie. »

Elle s'accroche aux mots, à leur sens. Se concentre sur le sens des mots pour ne pas pleurer, abdiquer. Veut à tout prix me comprendre, ne pas paniquer, m'accepter tel que je suis, s'interdire tout jugement, ne pas succomber à l'odieuse malédiction des habitants de Falmouth. Si elle cède, elle ne vaut pas mieux qu'eux.

« C'est un autre qui est revenu, crois-moi. Même si tous ici estiment que le fond d'un homme, ça ne change pas, moi, je peux t'assurer que je ne suis plus le même. »

En réalité, je suis redevenu celui qu'ils avaient étouffé avec les années, celui d'avant l'ensevelissement. Je suis cet enfant, neuf ans à peine, qui court le long du quai, sur le port, juste avant de tomber, juste avant la chute.

Betty sait, bien entendu, ma jambe qui traîne, cette infirmité. Sans que j'aie besoin de le lui expliquer, elle fait le rapprochement. Les femmes ont de ces intuitions, qui, un jour, font d'elles des mères.

« Ce que j'ai rapporté de la prison, c'est ces cicatrices sur mes bras. Tu peux les toucher, si ça te dit. »

Je soulève mes manches, je tends vers la femme apeurée mes membres meurtris, blessés. Voudrait-elle de moi avec ces meurtrissures, ces balafres, ces entailles ? Ses yeux restent amarrés aux miens, ils ne se baissent pas, refusant un spectacle qui est seulement pathétique.

« Un jour, j'ai cessé le désordre, les convulsions, les mutilations. C'est le jour où le vieux a quitté la cellule et où ils ont mis Luke à sa place. Oui, ce jour-là, quand Luke est entré, j'ai compris que c'était fini, qu'autre chose pouvait commencer. Je ne sais pas si tu peux comprendre cette histoire, si qui que ce soit peut la comprendre. Une histoire de beauté dispersée en grains sur les épaules. »

L'air de Betty est soudain interrogateur, et inquiet. C'est apparu en quelques secondes à peine, cette inquisition fébrile. C'est presque incroyable, la soudaineté de ce changement. Les femmes sentent les menaces beaucoup mieux que les hommes. Elles les voient se profiler. Parfois, elles sont assez malignes pour les déjouer.

« Que je te dise : une nuit, à la prison, un jeune homme s'est pendu, un Sri Lankais. Dix-huit ans à peine. Il avait volé des voitures. On l'avait collé avec les caïds, sans doute parce qu'il n'y avait pas de place ailleurs, ou parce qu'on n'avait pas fait attention, ou parce qu'on avait envie de s'amuser, ou parce que les papiers avaient été mal faits, va savoir. »

À l'interrogation succède visiblement l'incompréhension : Betty ignore où je la conduis et pourquoi j'ai subitement et sans raison apparente embrayé sur cette pendaison d'un Sri Lankais. Elle a accepté de me faire confiance, mais est-elle disposée à me signer un chèque en blanc ? Elle n'est pas du genre à se laisser balader. Elle aime comprendre où elle met les pieds. Elle peut me suivre, bifurquer avec moi, mais uniquement si je lui explique où nous allons.

« C'était un jeune homme qui avait une tête de fille, des cils trop longs, des manières de petite frappe et le langage d'un voyou mais sans le casier. Les autres n'ont pas mis longtemps à lui faire sa fête. »

Ils étaient plusieurs sur lui, ce soir-là, ses cris étouffés par les grosses mains des autres plaquées sur sa bouche, tout son corps désarticulé. Il a pleuré et les autres ont ri. Tous ses membres couverts de bleus, la peau tuméfiée. Et personne n'a rien entendu, personne n'est venu, les gardiens qui sont si prompts à nous gueuler dessus quand on ronfle trop fort n'ont pas eu l'ouïe très fine.

Le visage de Betty s'est refermé en un instant. Je reste impressionné par l'éloquence de ses traits, par les aveux qui s'échappent de ses expressions, par la vérité qui émane d'elle. Je lis les changements de son caractère sur sa figure, les variations de son humeur dans la palpitation des veines qui courent sur ses tempes, la fluctuation de son tempérament dans le frémissement nerveux des cils. Cette observation attentive me rapproche de cette jeune femme davantage que ne le ferait une étreinte.

« Dans la nuit, le type a simplement et calmement noué son drap et il s'est pendu dans sa cellule. »

Les autres n'ont rien dit, tout d'abord. Ils ont appelé les secours trop tard, quand ils ont été certains qu'il était bien raide. Les surveillants l'ont décroché sans émotion apparente, à ce qu'on nous a rapporté. Ils l'ont couché sur un lit roulant et on a tous pu voir son visage tordu, les pupilles dilatées, et les cils trop longs.

Betty ne raffole pas de ces images-là. Ne réprime pas une sorte de dégoût. Elle est de ces jeunes femmes qui se détournent quand une infirmière enfile une seringue dans un bras, sur un écran de cinéma. À dix ans, elle s'enfuyait au moment où on égorgeait le cochon. Et, dans la boutique de journaux, elle ne feuillette plus que les magazines féminins : ainsi, le monde lui paraît moins dur.

« Le lendemain matin, ils ont délogé le vieux de ma cellule, pour l'installer chez les caïds. Ils ont dû le juger suffisamment résistant, et puis on ne s'attaque pas trop aux vieux en prison. Ils l'ont mis à la place du Sri Lankais mort, puisqu'un Sri Lankais mort, ça a ça de bien que ça libère de la place. Et pour remplacer le vieux, ils ont choisi Luke. »

Ce nom, Luke, instinctivement, ne lui plaît pas. Sa moue ne laisse planer aucun doute. C'est celle des adolescentes vexées qu'on ne s'intéresse pas suffisamment à elles, et qui n'opposent comme parade à l'indifférence qu'une réprobation muette mais patente, qu'un courroux silencieux mais envahissant.

« On s'est retrouvés ensemble à la faveur d'une tournante, si on peut dire. »

Et après un suicide qui n'a pas eu l'air d'émouvoir grand monde. Ce sont le hasard et une calamité qui nous ont mis face à face, Luke et moi.

« Une rencontre dans des circonstances comme celles-là, ça ne pouvait produire qu'un désastre ou des merveilles. »

« Un désastre ou des merveilles. » Pour la première fois, Betty ponctue. Elle répète mes mots en levant les yeux au ciel et en mimant l'incrédulité. Elle glisse assez de douceur dans son expression pour ne pas me heurter et juste ce qu'il faut de condescendance pour marquer la jalousie qu'elle ne concédera pas.

« Avec Luke, je ne risquais rien. »

J'ai eu ce pressentiment, à la minute où il a pénétré dans la cellule. C'est presque inexplicable. C'est quelque chose dans sa présence, dans sa démarche, dans son silence, qui rassure. Une sorte de désinvolture, de distance, d'indifférence qui est comme une force. C'est dans le noir du regard aussi, cette puissance. Ça en impose. On suppute que c'est un homme qu'il ne faut pas déranger. Avec lui, on est en sécurité.

« J'avais besoin de ça, la sécurité. »

Je manœuvre pour que Betty s'approche de Luke. Peut-être, elle ne sera pas capable de mettre des mots justes sur le lien entre lui et moi, ni de percer le mystère. Elle va se diriger au plus simple, ne pas s'encombrer, se contenter d'explications faciles, interpréter comme ça l'arrange. Je n'y pourrai rien, si elle s'égare. Mais je dois au moins ne pas travestir, quitte à troubler, quitte à blesser. Il me faut témoigner du bouleversement décisif que Luke a introduit dans mon existence.

« En prison, la violence est partout. »

C'est la brutalité quotidienne, les insultes ordinaires, les intimidations comme un réflexe, une animosité de tous les instants, une colère sourde qui ne demande qu'à se déchaîner, une fureur à peine contenue. Les corps des hommes, ils sont porteurs de cette énergie destructrice, de cette dureté à fleur de peau. On devine que cette impétuosité pourrait rapidement provoquer de l'agitation.

« On est toujours au bord de l'émeute. »

Betty n'a pas eu le temps de s'habituer à Luke que déjà je change de sujet. Ce qui compte, c'est que le puzzle se construise. Même si je propose à mon interlocutrice des chemins de traverse, je sais, moi, que tout ça me ramènera, à la fin, à mon compagnon de cellule. Si je parle de violence subitement, c'est parce que c'est elle qui m'a conduit à lui. Mon récit ne doit pas grand-chose au hasard.

« Je n'exagère rien. Les coups et blessures, c'est monnaie courante, les sévices sont fréquents et les matons ferment les yeux. Les agressions, on ne les compte plus ; un jour, on cesse de compter. Et puis, il y a les viols. J'ai vu des hommes jeunes, fragiles, revenir des douches en portant cette souillure sur eux, avec le visage barbouillé de larmes et de sang. »

J'ai vu les arcades sectionnées, sanguinolentes, les peaux boursouflées, du sperme qui séchait aux commissures des lèvres. J'ai vu les carcasses vibrantes, les corps nus lamentables, les bras refermés sur les poitrails, la honte et la douleur. Je suis allé parfois vers ceux-là qu'on malmenait, je les ai serrés contre moi, mes frères.

Dans le reflet des yeux de Betty, j'aperçois tout à coup les corps contusionnés. Elles défilent dans son regard perdu, les existences cabossées, les vies foutues, les destinées interrompues, les espérances écrabouillées. Elle est dans l'agitation de ses paupières, la fureur des hommes. C'est de la mauvaise conscience. Ou de la mauvaise mémoire.

« En prison, on ne supporte pas les gens qui se sont attaqués aux enfants. On les méprise. On considère qu'il faut leur faire la peau. Violer des femmes, braquer des banques, assassiner des flics, c'est possible, c'est admis. Mais toucher un enfant, c'est impardonnable. Les caïds ont leur morale, leurs principes. Si j'avais abusé de l'enfant, ils m'auraient dérouillé, peut-être même supprimé. Parce que je n'étais condamné que pour des négligences graves, ils m'ont juste regardé de travers. Mais c'est uniquement parce qu'il y avait Luke qu'il ne m'est rien arrivé. »

Betty doit convenir que je me tenais à la frontière, que, si je n'ai pas commis l'irrémédiable, je m'en suis approché très près, et que, si je ne suis pas mort, c'est parce qu'il s'est trouvé quelqu'un pour me maintenir du côté de la vie. Il suffisait d'un pas, d'un tout petit pas, pour abdiquer toute humanité. Je ne l'ai pas accompli. Ou on m'a retenu.

« Je ne peux même pas prétendre que Luke m'a pris sous son aile. Non, ça ne s'est pas passé comme ça. »

Il n'a jamais manifesté l'intention de s'ériger en protecteur. Et, au début, pour lui, je n'étais rien, absolument rien.

« On nous a laissés tranquilles. On ne s'est pas attaqué à moi, sans doute parce qu'on craignait ses représailles à lui. Il n'aurait pas permis qu'on me fasse du mal. »

« Ne va pas croire que l'intimité est venue facilement entre nous. Il m'a fallu du temps pour m'approcher de lui, pour l'apprivoiser, pour qu'il accepte que je sois là, auprès de lui. C'est un être taciturne qui ne recherche pas la compagnie, qui n'apprécie pas la familiarité. »

J'ai dû vaincre beaucoup de résistances. Essuyer beaucoup de rebuffades.

« C'était la première fois de ma vie que je faisais l'effort d'aller vers quelqu'un. »

Betty entend que je ne vais pas vers les êtres spontanément. En cette seconde, elle pense à elle, à ce qu'elle devra accomplir pour que nous soyons proches, un jour, peut-être, aux barrières qui devront tomber. Elle apprend qu'un autre a de l'avance sur elle.

« Il ne m'a jamais questionné. Il m'a laissé parler. Et je n'ai parlé que lorsque j'ai été certain qu'il m'écouterait. On est restés longtemps dans le silence. »

La connivence, elle est venue avec le silence, avec l'égard pour la solitude de l'autre.

Le rien-dire, elle connaît ça, Betty. C'est même son fort. Elle compte ses atouts. Elle est bien heureuse de ne pas être une fille bavarde, qui se répand, qui déborde. On a dû pourtant lui reprocher souvent sa retenue, sa réserve, sa mesure. Les garçons préfèrent, en général, les filles qui se jettent à leur cou. Elle est contente d'en avoir dégoté un qui ne s'inquiétera pas de sa tempérance, et qui, dans le même temps, a du goût pour sa légèreté.

« Il faut que tu imagines : moi, j'étais comme ça, tout fluet, tout menu, avec mes grands bras qui pendent, avec mon corps trop maigre, avec cette pauvreté, et lui, il avait ce noir des yeux, ces épaules rondes, ces grains de beauté, cet air ténébreux, cette ombre. La confiance s'est installée peu à peu, sans qu'on s'en aperçoive. Et puis, l'attachement. Quand on a pris la mesure de cet attachement, c'était trop tard. »

Trop tard ? Le regard dessine très distinctement une interrogation. Quel sens convient-il de donner à ce « trop tard » ? Elle brûle de me questionner. On ne voit que ça, ce désir de poser la question. Elle se retient. Sinon, ça servirait à quoi de prétendre être discrète et respecter la liberté de l'autre ?

« Luke m'a sauvé de l'ennui, aussi. On ne peut pas concevoir ce que c'est, l'ennui, en prison. Vrai, on ne fait rien, ou presque. Et le peu qu'on fait, on le fait mécaniquement, et à heures fixes. Manger, descendre à la promenade, regarder la télévision, dormir. C'est le désœuvrement, l'inutilité. On voit chaque minute passer. Il ne faut pas croire qu'on perd la notion du temps en prison. C'est des conneries, tout ça. Au contraire, on développe une acuité incroyable : on sait dire l'heure à cinq minutes près sans consulter sa montre. On sait les jours puisqu'on les compte. »

Betty, apprends que rien ne ressemble davantage à la journée d'un prisonnier que la journée d'avant ou celle d'après. Ce sont les mêmes éveils tous les jours à la même heure, les mêmes corps offerts sous les douches, les mêmes repas silencieux ponctués du seul bruit de l'inox contre les assiettes, le même son grinçant et lourd des portes rouillées qui s'ouvrent et se ferment, la même voix qui annonce les visites au parloir, le même visage fatigué derrière la vitre couverte de traces de doigts, la même carcasse qu'on traîne de corridor en corridor, les mêmes agacements devant les émissions du soir, la même nuit sombre où l'expiration d'un plaisir solitaire se fait parfois entendre, la même détresse partagée et pourtant incommunicable.

« Il faut que je te dise encore : mes parents sont venus me voir, un peu, au début. Et puis ils ne sont plus venus. Ils ont vendu leur maison, déménagé de Falmouth, et ils ne sont plus venus. Marianne, elle, ne s'est jamais déplacée. La dernière fois que je l'ai aperçue, elle se tenait immobile dans l'embrasure de la porte de notre maison. Les hommes m'emmenaient loin de la ville. »

Dans la figure de Betty, soudain, et très précisément, cet abandon, ce délaissement deviennent les siens, ils passent de moi à elle. Ce genre de lâchage, elle connaît, j'en suis certain. Elle a vu partir des gens, des proches. On lui a manqué, on l'a plantée là, un jour. C'est dans l'affaissement de ses traits, cette confidence, dans la décomposition du visage. Ça la trahit. Elle ne sait pas le cacher. Je me souviens brutalement de la phrase énigmatique de Rajiv à son sujet : « Et pour ce rire, combien de larmes ? » J'en perçois enfin le sens. Je mesure ce qui nous réunit, Betty, Rajiv et moi, ce que nous possédons en commun : le bannissement, bien sûr.

Pour échapper à cette proscription, Rajiv a quitté Londres. Moi, j'ai quitté Falmouth. Betty, elle, est restée sur place.

« Voilà, ça a duré cinq ans. Tu sais tout maintenant. Après ça, est-ce que tu accepteras encore de te montrer avec moi ? Est-ce que tu voudras toujours de ma compagnie ? »

Betty m'observe. Elle ne sait pas les mots. Les cherche. Retient sa respiration. Elle doit dire quelque chose. Voudrait qu'un regard suffise. Que je fasse entrer tout ce qui m'arrange dans ce regard. Que je lui donne le sens qui me va. Pourtant, elle devine que le regard ne suffira pas. Elle n'est pas Luke. Elle n'a pas sa puissance invisible.

Elle est frêle face à moi. Son verre de grenadine est vide. Elle n'a jamais ressemblé autant qu'en cette minute à une petite fille. Elle est au bord de pleurer. Retient ses larmes. Elle doit dire quelque chose. Elle ne possède pas la supériorité des magnifiques, ceux qui trouvent, sans réfléchir, des raccourcis lumineux. Elle n'a pas cette désinvolture qui exaspère les appliqués, qui décourage les laborieux. Elle a juste son sourire qui tremble. Et un pauvre vocabulaire. Elle a sa jeunesse cassée, son teint de pêche où se dessinent des rides précoces, une innocence qui fout le camp. Elle est irrésistible et démunie. Jolie et désemparée. Elle doit dire quelque chose. Le *Chain Locker* est comme suspendu à sa parole à venir. Le temps s'est figé pour elle, pour l'écouter.

Dehors, le ciel est immobile aussi. L'après-midi touche à sa fin. Bientôt, les hommes vont rentrer de la pêche et il sera trop tard. Elle ne pourra plus parler. Quand les hommes seront là, elle ne pourra plus parler. Moi, j'ai baissé les yeux. J'entends ne l'obliger à rien. Je n'attends rien d'elle. À moi, elle ne doit rien. C'est une histoire entre elle et elle, cette histoire de devoir dire quelque chose.

Elle ne sait pas les mots. Va être maladroite, confuse. Va se tromper, s'exprimer mal, regretter les mots aussitôt prononcés. Il faudrait qu'elle décide de ce qu'elle veut dire, et se lancer, voilà tout. Viser la simplicité. S'en tenir aux choses élémentaires. Parler comme ça vient. Ne pas être sophistiquée. Betty n'est pas une fille sophistiquée.

Elle commande une autre grenadine.

Et c'est inouï, ce surgissement de l'enfance, tout à coup. Alors que le moment se prête à une certaine gravité, Betty commande une grenadine. Elle fait ça, ce geste imprévisible, presque insouciant. Elle balaye toute la pesanteur, toute la mémoire charriée. En face du récit de la réclusion, elle met ce rien du tout, cette évanescence, cette futilité. C'est comme un trait de génie. C'est sa façon de refermer mes paroles, de témoigner qu'elle m'a entendu certes, compris peut-être, mais qu'il est temps de passer à autre chose désormais, d'en finir avec le ressassement du malheur. Betty, à l'évidence, est de ces gens qui estiment qu'on peut être heureux si on le décide, que la légèreté nous sauve, que ce n'est pas inconcevable d'être inconsolable et joyeux à la fois. C'est avec cette certitude qu'elle combat la morosité de Falmouth. Avec elle qu'elle ne prête plus attention aux récriminations de la vieille au magasin de journaux et qu'elle sourit aux pestiférés.

Le serveur lui apporte son verre. Il me demande si j'ai l'intention de commander quelque chose. Je lui réponds que non, que nous n'allons pas tarder à partir. Le soir arrive, et, avec lui, les hommes épuisés. Betty avale sa grenadine d'un coup, comme les enfants quand ils ont très soif. Je lui fais remarquer qu'elle a le temps quand même, que rien ne presse. Ses lèvres sont rouges et elle me sourit, d'un sourire de connivence. Je paye ce que nous devons et nous sortons du *Chain Locker*.

Debout, tous les deux, sur le trottoir, devant le café, nous ne savons pas comment nous séparer. Maintenant, j'aimerais vraiment qu'elle dise quelque chose, qu'elle ne me laisse pas avec mon bloc de mots, avec tout ce que j'ai confessé sans qu'elle fasse rien d'autre que hocher la tête, avec la densité de mes aveux. Il me semble que si elle s'exprimait maintenant, ça me délesterait un peu, ça nous remettrait à égalité, je ne me sentirais plus dans la solitude du monologue. Alors que je me prépare à me résigner à son mutisme, elle me lance : « On se voit demain, bien sûr. » Bien sûr. Et elle tourne les talons.

Elle est là, à nouveau, devant moi. Betty Callaghan. Elle a sonné au 325, Melville Road. Tout le monde connaît l'adresse. Le chemin est indiqué aux curieux. La maison est forcément montrée du doigt aux touristes. La maison du monstre, ils doivent dire. Quelque chose dans le genre. Il y en a sûrement qui viennent de loin pour la voir, pour observer la façade et y déceler ce qui en fait, sans hésiter, la demeure d'un criminel. Un jour, on distribuera des prospectus, on organisera des visites guidées, on racontera une histoire sensationnelle.

Elle se tient là, dans l'embrasure de la porte. Dans son dos, le phare comme une sentinelle, la mer, et la corne d'un ferry qui croise au large. Elle a joint ses mains au bout de ses bras qui pendent. Ses doigts tordent la lanière d'un petit sac à main beige. Voilà longtemps que je n'avais pas reçu de visite.

Elle ne dit pas : « Je passais dans le coin. J'ai sonné à tout hasard. » Elle ne débite pas de sornettes. N'invente pas des choses compliquées. Et, de toute façon, je ne la croirais pas. Non, elle se tait, fidèle à son habitude. Me considère avec un sourire minuscule. Avance légèrement la tête, ce qui est sa manière de me demander si je l'autorise à entrer. Je m'écarte et je lui indique le chemin. Combien de femmes sont venues jusque-là ?

Je referme la porte derrière elle, précautionneusement, comme pour ne pas faire de bruit. Elle se dirige vers le living. Sa nuque est bien droite, ses hanches sont fines. Elle marche en hésitant, inspecte les pièces d'un coup d'œil furtif, discret, s'approche d'une des fenêtres qui s'ouvrent sur la falaise. Elle suit un chemin.

Elle ne dit pas : « C'est curieux, une maison vide. Et ces grandes pièces blanches. » Elle devine que les lieux communs sont des chausse-trappes. Persiste dans le silence.

Je ne dis pas : « Je ne peux même pas te proposer quelque chose à boire. » Puisque on ne voit que ça, que la maison est vide, les pièces blanches. Que je n'ai rien à offrir.

J'ouvre la fenêtre à côté de laquelle elle se tient. C'est le plein hiver, du coup elle est un peu surprise. Mais il faut laisser entrer la mer, l'air du large, le fracas des vagues contre la falaise, le cri des mouettes, la fumée du ferry, l'ombre des nuages, la menace de la pluie. Laisser entrer le dehors, pour qu'on ne reste pas seuls, juste elle et moi, dans cette intimité qui me fait peur, qui est dangereuse, qui pourrait déboucher sur des désastres.

Betty a le réflexe de s'enlacer elle-même, de frotter machinalement ses épaules, de s'écarter de la fenêtre, mais elle ne me prie pas de la refermer. Elle a cerné mes intentions. Elle est capable de causer, même avec la mer pour témoin.

Elle dit qu'elle a beaucoup repensé à ce que je lui ai raconté au *Chain Locker* : à la prison, à la brutalité, à l'oisiveté, à Luke, « à tout ça, quoi ». Ça a tourné dans sa tête, les phrases. Elle se souvient de presque tout. Elle pourrait tout me restituer avec une justesse qui m'impressionnerait. Je la crois volontiers.

Elle dit que ça ne change rien pour elle, que son opinion sur moi n'a pas varié. Ça l'éclaire, bien entendu. Ça lui donne des clés. C'est important qu'elle sache tout ça, cette vérité, cette chose si personnelle, presque indicible. Elle me remercie de la confiance que je lui ai témoignée en allant si loin dans la confidence. Mais vraiment, ça ne change rien pour elle. Je ne suis pas un homme meilleur ou plus mauvais. Je suis le même homme.

« Celui que j'aime. »

Et elle s'arrête de parler.

Celui qu'elle aime. Ce sont bien les mots qu'elle a prononcés, avant de se taire à nouveau. Ceux-là que j'ai entendus, avec quoi elle me laisse, et dont je dois me débrouiller. Ceux qu'elle avait déjà esquissés, l'autre jour, tandis que je l'accompagnais jusqu'aux hangars du port.

Elle n'est venue me rendre visite que dans ce but, m'avouer qu'elle m'aime. Betty ne prend pas souvent la parole, se tient plutôt sur son quant-à-soi, avec la prudence de ceux qui ont reçu des coups. Mais quand il s'agit de se lancer, elle ne prend pas de gants, n'hésite pas. Elle n'a pas peur au moment de sauter, en somme.

Ses mots sont dans mon oreille, ils bourdonnent. La maison est vide de tous les autres sons. Je n'entends plus le mugissement des eaux en contrebas, ni le clapotis de la pluie qui commence à tomber contre les carreaux, ni le claquement des voiles des bateaux, ni le chuintement du vent qui annonce les plus violents orages à la fin des étés et qui n'est ici qu'une clameur ordinaire, ni le grincement d'un volet. Ne reste que ce vilain bourdonnement, qui me coupe du reste du monde.

Betty guette la réaction que sa déclaration est supposée produire. Elle ne paraît pas impatiente, ni même spécialement inquiète. Affiche le détachement de ceux qui se sont acquittés de leur devoir. Elle a placé sinon son sort, au moins son orgueil entre mes mains et attend de savoir comment je compte en disposer.

Les paroles qui me viennent me surprennent moi-même : « C'est gentil. Ça te ressemble, cette sincérité, cette liberté. » Il me faut moins d'une seconde pour entrevoir que Betty reçoit ces paroles comme un acquiescement. Son sourire s'élargit. Il me donne la chair de poule pour la première fois.

Je n'ai pas envie que Betty affiche ce sourire : il me met mal à l'aise. Pas envie que Betty m'aime : ce n'est simplement pas concevable. Mais Betty, elle, se réjouit de mon consentement. Je n'ai jamais été bon pour dénicher les mots qui conviennent dans les instants décisifs. Je me souviens que j'ai épousé Marianne parce que je n'ai pas songé à dire non, lorsque c'était encore possible. Je me souviens d'avoir manqué parfois de volonté ou de clairvoyance et d'y avoir perdu mes jeunes années.

Elle s'est déplacée dans l'embrasure de la fenêtre. Dans le passage des bateaux. Dans le froid qui entre, le dehors qui s'engouffre. Elle tourne le dos au monde, elle me fait face. Elle va parler maintenant. Elle ne va pas pouvoir se retenir de parler. Puisque j'ai libéré quelque chose en elle. Puisque j'ai fait céder une digue. Ça peut se répandre désormais. Ça peut venir à moi, ce flot des paroles jusque-là contenues. Ça peut envahir tout l'espace, les pièces blanches, la maison vide. Et moi, je ne vais pas l'interrompre. En souvenir de la lâcheté.

« Je n'avais pas imaginé de tomber amoureuse. Ne va pas croire que j'aie voulu ce qui arrive. De toute façon, tu as compris que je ne suis pas une fille qui cherche les hommes. Les hommes, j'ai appris à m'en méfier. À m'en passer aussi. »

Je ne la soupçonne pas d'arrière-pensées. Je suppose qu'elle dit vrai. Oui, c'est sûrement advenu sans qu'elle s'interroge, sans qu'elle le décide. C'est assez dans son genre, cette manière de se laisser guider par son instinct. Cependant, je découvre, au détour d'une remarque, qu'en dépit de son air de ne pas y toucher elle est capable aussi de se prémunir. La souffrance intime a dû aider.

« Avec toi, pour la première fois, je crois, j'ai su que je n'avais pas à être méfiante. C'est un privilège extraordinaire de ne pas être sur ses gardes, de ne pas craindre une entourloupe, de rencontrer un homme qui ne fait pas de calculs, qui n'a pas d'intentions. C'est comme un repos. On n'est pas obligée de s'épuiser à déjouer ses plans, à interpréter ses manières. On sait qu'on n'aura pas à se plaindre d'être tombée dans un piège. Oui, c'est un luxe inouï. Toutes les filles en rêvent. »

Faudrait-il que nous autres, nous ne fassions rien pour elles, que nous ne tentions rien pour qu'elles se sentent en confiance ? Faudrait-il que nous ayons les bras ballants pour qu'elles s'en saisissent et les enroulent autour de leur taille ?

« C'est un cadeau, cette innocence. Je fais exprès de dire innocence. Je t'assure : je n'avais jamais fait la connaissance de quelqu'un d'aussi innocent que toi. »

Betty fait mouche. Elle a, de temps en temps, de vrais coups de génie. Moi, le fautif, le condamné, le châtié, le puni, l'ancien taulard, me voici, par la grâce d'une jeune femme au sourire irrésistible, lavé de tous mes péchés, vierge comme au premier jour, pur à nouveau, comme si rien n'était jamais survenu. C'est admirable. Presque inintelligible, mais admirable.

« J'avais seize ans, quand c'est arrivé, la mort de l'enfant. Tout le monde ne parlait que de ça. J'ai passé ces cinq dernières années avec l'idée que tu étais forcément coupable, que la question ne se posait pas. Pourtant, aujourd'hui, pour moi, ton innocence, elle est indiscutable. La mort de l'enfant ne peut rien contre elle. »

Il faudrait qu'elle se taise, qu'elle ne prononce pas des paroles comme celles-là. Il faudrait qu'elle se rende compte de l'énormité de ce qu'elle énonce. Pourtant, elle a les accents de la vérité. Betty ne ment pas, ne sait pas mentir. Ses certitudes finiraient par être troublantes.

« C'est sur toi, aussi, la bonté. Dans la maigreur, dans la nonchalance, dans la démarche traînante. On se dit qu'on est en présence d'une personne inoffensive. Moi, j'ai besoin d'être certaine que je ne risque rien. »

C'est patent, chez elle, cette nécessité de se sentir à l'abri. À la minute où elle se présente, on a envie de la prendre contre soi, de la serrer, de lui promettre qu'il ne lui arrivera rien. Elle n'est pas si frêle, pourtant, pas si démunie. Mais c'est dans son regard, une peur d'enfance, et qui ne s'en va pas. Betty a raison : je ne lui ferais pas de mal. Je jette juste les enfants de huit ans par-dessus bord.

« Et puis, la beauté est restée intacte. J'étais une toute jeune fille en ce temps-là et je l'avais remarquée, cette beauté. Je peux bien te l'avouer maintenant : je te croisais régulièrement et je t'épiais. Déjà, je songeais que l'homme que j'aimerais te ressemblerait. Toi, tu ne m'as jamais vue. Les hommes de trente ans, mariés, avec des enfants, reluquent les filles de seize ans. Toi, non, jamais. »

J'ignore de quoi elle parle. La beauté, c'est une histoire qu'elle invente. Ça n'existe pas. Je suis un être quelconque, de ceux qu'on ne distingue pas au milieu des foules, ceux qui ne retiennent pas l'attention. Ça n'est pas grave d'ailleurs, et je m'en suis accommodé. Pourquoi inventer ça ? Sur un seul point, Betty n'est pas dans l'erreur : je ne me suis, en effet, jamais retourné sur les filles dans la rue. Ça ne m'est simplement pas venu à l'idée.

« Cette beauté, je l'ai retrouvée. Ne hausse pas les épaules, crois-moi. Elle n'est pas partie. La fatigue, l'enfermement peut-être, l'ont atténuée, mais l'essentiel est intact. L'allure, ça ne change pas vraiment. La douceur, c'est là, encore. »

J'acquiesce en silence : il y a des traits qu'on n'enlève pas aux gens, qu'ils portent sur eux toute leur vie, malgré la vieillesse, malgré la laideur, malgré les épreuves. Cela peut être la douceur. Ou l'enfance. Ou le malheur.

« Ce ne sont pas des choses que je dis d'habitude. Ne va pas penser que je parle tout le temps comme ça aux hommes. C'est même la première fois. Ne t'imagine pas non plus que j'ai des emportements de midinette. Je ne suis pas allée longtemps à l'école mais ça ne m'empêche pas de garder les pieds sur terre et la tête sur les épaules. »

« Ça n'est rien, la différence de nos âges. Rien du tout. Ça ne compte pas. Les gens, je me doute bien qu'ils la soupèsent, qu'ils la scrutent et qu'ils en causent. Mais nous, on n'est pas obligés de s'en préoccuper. C'est dans la tête, tout ça. On n'est pas du genre à faire attention à ce qu'ils racontent, toi et moi, pas vrai ? »

Je suis tenté de lui confier que la différence, elle ne parvient pas à m'échapper à moi non plus. Qu'elle est immanquable, quoi qu'elle en dise. Comment ne pas remarquer, en effet, la peau douce et rose de Betty, et la mienne, rugueuse et grise ? Sa vitalité et ma fatigue. Son ingénuité et ma méfiance. Ses espoirs et mes souvenirs. Ses désirs et mes frayeurs. Les gens, comme elle les désigne, ne sont pas aveugles, même s'ils demeurent à la surface des choses. Là où je l'emporte sur eux, c'est que je sais ce qu'on trouve en dessous, si on gratte.

Betty insiste pour me faire plaisir : « Je n'ai pas pensé : il est plus vieux que moi. Bien sûr, il y a ces années entre nous, cet écart, ces choses que tu as vécues et moi non. Mais ce n'est pas ça l'essentiel, n'est-ce pas ? »

Sans le faire exprès, Betty a raison sur ce sujet : réduire notre divergence à une question d'âge, à cette question seulement, serait une erreur. Il s'agit d'autre chose, de plus profond, de moins mesurable, qui a à voir avec le malheur, encore.

« Et puis, on doit se ressembler un peu, toi et moi, quand même, puisqu'on est les seuls à ne pas ressembler aux autres. »

Elle fait mouche, la petite fille grandie trop vite. Nous avons le même visage, elle et moi : celui des bannis, des relégués. Celui aussi des cabossés, des marqués, des meurtris. On ne fera pas pleurer dans les chaumières, mais il faut avouer que nous ne sommes pas tellement flamboyants.

Betty a une autre expression : « On est des rescapés. Puisqu'ils n'ont pas réussi à nous engloutir. » En est-elle si sûre ?

Et a-t-elle conscience que l'image à laquelle elle a recours est maladroite et peut-être cruelle ? Même si ça lui a échappé, et même si telle n'était pas son intention, sa comparaison marine me ramène, moi, immanquablement, à l'enfant noyé, envoyé par le fond, abîmé dans les eaux noires, et dont le cadavre s'est lentement corrodé, consumé, disloqué, dissipé. Betty, il est des naufrages dont on ne revient pas.

« On est des survivants. »

Je n'ai jamais arrêté les femmes. Je ne suis jamais allé contre le mouvement du monde, contre la puissance des femmes. J'ai vu le danger qu'elles portent avec elles, la menace qu'elles représentent parfois. Je suis instruit qu'elles sont aptes à tout dévaster sur leur passage si on ne les stoppe pas. Il faut leur pardonner, sans doute, car elles ne savent pas ce qu'elles font. Enfin, pas toujours. En réalité, elles ne possèdent pas une idée précise de leur force. Si elles évaluent, souvent assez exactement, leur pouvoir de séduction, leur habileté à faire fléchir les hommes, si elles parviennent à une connaissance intime de leurs atouts, de leurs armes, elles ne mesurent pas entièrement de quoi elles sont capables, les dommages qu'elles sont susceptibles de causer. C'est cette dernière ignorance qui les sauve, évidemment. Parce qu'à la fin, c'est impossible de leur en vouloir vraiment. Comme si, dans les désastres, on leur accordait le bénéfice de l'irresponsabilité.

J'observe Betty et je vois distinctement qu'elle va franchir une frontière, passer de l'autre côté, prononcer des paroles irrattrapables. Et il me reviendra à moi, à moi seul, de décider ce que j'en fais, si j'accepte cette démolition ou si je lutte encore pour sauvegarder mon intégrité. Betty est sur le chemin des cataclysmes. Elle a dans les yeux cette démence qui affleure, la maîtrise qu'elle perd, la malédiction des hommes.

La malédiction, je l'avais entrevue une première fois dans les yeux de Marianne mais je n'y avais pas suffisamment prêté attention alors. Faut-il que l'histoire se répète ?

« J'ai un fils qui s'appelle Arthur. Il a deux ans maintenant. »

Voilà. Ça y est. Elle a franchi la frontière.

« Je l'élève seule. Son père est parti avant qu'il naisse. Il a déguerpi aussitôt qu'il a appris que j'étais enceinte. Vrai, il lui a fallu moins de vingt-quatre heures. Le soir, en rentrant, ses affaires n'étaient plus là. Des gens d'ici l'ont aperçu : il prenait le train, à Pendennis Rise, il emportait deux valises. Personne ne l'a jamais revu. »

Je l'imagine, elle, rentrant dans la maison désertée, et l'enfant qui pousse dans son ventre. Elle n'a pas vingt ans. Je songe aux moments qui décident de nos existences.

« C'était un très jeune homme. Il n'aura pas voulu s'encombrer d'un enfant. Il a sans doute pensé que ça venait trop tôt, ou que je n'étais pas le genre de femme avec qui il comptait élever des enfants, ou qu'il n'était responsable de rien puisqu'il n'avait rien choisi. Il y a des tas de bonnes raisons pour disparaître, pour abandonner celle qui porte votre fils. Oui, franchement, ce ne sont pas les raisons qui manquent. Mais, à la fin, tout ça, ça n'est qu'une histoire de lâcheté, une histoire aussi vieille que le monde. »

Aussi vieille que les hommes.

Le courage était-il de rester ? Ou était-il, précisément, de partir ? Dans des circonstances identiques, je n'ai pas répondu à cette question, ce qui revenait à ne pas partir. Le jeune homme, lui, a tranché. S'en porte-t-il mieux ou plus mal ? Au moins il n'éprouve pas le remords d'avoir subi son sort.

« Pour être tout à fait honnête, c'est une histoire de pas assez d'amour, aussi. On ne peut rien contre ça. »

Non.

« Je ne lui en veux pas tellement aujourd'hui. L'enfant grandit. Je m'en occupe bien. Quand il sourit, je sais que ça ira. »

Je contemple les efforts de Betty pour se convaincre de ce qu'elle avance, cette tentative maladroite de croire à ce qu'elle énonce, cette nécessité de considérer qu'elle ne s'est pas fourvoyée. Je contemple ce que deviennent les petites filles quand la vie s'occupe de leur jouer un mauvais tour.

« J'aurais pu m'en débarrasser. Une fille de dix-huit ans qui avorte, c'est courant dans nos contrées.

Ça n'étonne plus personne. On la considère avec un peu de dégoût, sans beaucoup de compassion. On lève les yeux au ciel, ou on pince les lèvres, et puis on passe à autre chose. Ça n'est rien de grave. Moi, j'ai décidé de le garder. J'ai écopé au passage d'une sale réputation. Mais ça ne me gêne pas, l'opinion qu'on a de moi, ce qu'on colporte. »

Toujours bravache, comme si elle puisait dans la crânerie la force de tenir, comme si fanfaronner la prémunissait d'être envoyée dans le décor. Je ne suis pas si différent d'elle. Peut-être juste un peu plus désabusé.

« J'ai perdu mes jolies années dans cette affaire. Je suis devenue une femme qu'on ne désire pas. Les hommes ont instantanément cessé de s'intéresser à moi. Ou ceux qui se sont approchés n'ont cherché qu'à prendre du plaisir avec une fille de mauvaise vie. J'ai cédé à certains d'entre eux. La chair est faible, c'est bien comme ça qu'on dit ? »

Je devine les grosses mains des marins qui se posent sur elle, leur souffle aviné contre sa bouche, leur va-et-vient hâtif et maladroit contre son ventre, la sueur et le sperme qui perlent sur ses hanches. Je devine les marques de mépris que ces marins lui adressent dans la rue, quand ils la croisent le lendemain, le haussement de leurs épaules. Et puis, l'air de dédain des honnêtes citoyens qui s'y entendent pour se donner bonne conscience à peu de frais. Je songe à Gary Miller et à ses persiflages.

« Aujourd'hui, j'ai l'impression que je peux en finir avec les hommes qui passent, et donner enfin un père à mon fils. »

Voilà. Elle a franchi la frontière et, là où elle se tient désormais, elle me tend la main, pour que je la franchisse à mon tour.

Qu'est-ce que je dois faire, moi, de cette main tendue ? Faut-il la saisir, comme on saisit une dernière chance ? S'en emparer, comme on s'empare d'une bouée de sauvetage ? S'y accrocher, comme on s'accroche à un espoir ?

Ou bien s'en détourner comme de la main du diable ? Est-on menacé d'être transformé en tas de cendres ? En statue de sel ?

Le regard de Betty est à la fois celui de la bonté et de l'imploration, celui de la certitude et de l'inquiétude. C'est un regard qui ne m'est d'aucun secours, qui ne répond pas à mes questions.

Assurément, je pourrais lier mon destin à celui de Betty. Oui, je saurais faire. Je gommerais nos différences, supporterais les sarcasmes, je me laisserais guider par quelqu'un qui m'aimerait sincèrement, pour la première fois. Ce ne serait pas bien difficile. J'ai connu bien pire. Ce serait un repos, un relâchement.

Et puis, c'est inespéré, cet amour-là. Une aubaine. Je n'en rencontrerai pas beaucoup des filles prêtes à m'accepter comme je suis, avec mon passé, mes cicatrices sur les bras, les cris de mes cauchemars, ma jambe qui traîne. Si celle-ci, avec ses lèvres rouges, ses airs de gamine, les épreuves qu'elle a surmontées, la légèreté qu'elle a su conserver, elle veut de moi, je n'ai franchement pas intérêt à faire la fine bouche.

Et aussi, ce serait bien d'avoir un fils à nouveau, puisque c'est cela qu'elle me propose. Un faux fils encore, mais cette fois on ne m'aurait pas menti, pas trahi. Ce serait une donnée de départ, l'usurpation de paternité. Ça rendrait peut-être les choses plus simples. J'aiderais l'enfant à grandir, je l'amènerais à l'école, au cirque, au football, chez le dentiste. Je l'emmènerais avec moi en bateau et nous rentrerions ensemble. Je prendrais soin de lui. Avec moi, il ne risquerait rien. Je finirais par croire que la rédemption est possible. Les gens de Falmouth, eux, ils continueraient de nous considérer avec effroi, guetteraient une rechute. Ils sont sûrs que les miracles n'existent pas et que le fond d'un homme, ça ne change pas.

On habiterait au 325, Melville Road, on referait les peintures, on poserait du papier peint, on achèterait de nouveaux meubles, on décorerait petit à petit, on mettrait notre nom sur la boîte aux lettres, on ouvrirait un compte chez Rajiv, on s'abonnerait au câble, Betty continuerait de travailler à la boutique de journaux, moi, je finirais bien par trouver un emploi de marin, ça ne manque pas par ici, je reprendrais ma place au *Chain Locker*, dans le silence des matins, je pourrais réussir là où j'ai échoué la première fois, ce serait une vie rangée, une vie simple, ce n'est pas rien.

Alors que je réfléchis à tout ça, j'entends, en même temps que Betty, la phrase qui sort de moi, que je commande à peine, qui possède l'intonation des vérités premières, ou des sentences : « J'aimerais te répondre oui, mais ce n'est pas possible. J'attends quelqu'un. »

Betty me fixe. Dans ses yeux, en une seconde, il y a autant de surprise que d'humiliation, autant de colère que de chagrin, autant de ressentiment que de larmes à venir. Il y a un monde qui s'effondre.

Elle décampe aussitôt, elle jaillit de la maison comme un diablotin de sa boîte, elle s'enfuit en courant. Par la fenêtre, j'aperçois son petit corps désarticulé qui galope sur le rebord de la falaise, toujours sur le point de chuter mais qui se rattrape au dernier moment, dans une course effrénée, éperdue, et qui devient un point indistinct, dans le lointain.

Je ne pouvais décemment pas lui cacher que j'attends quelqu'un.

LIVRE QUATRE
LUKE OU LE SALUT

Il est arrivé par le train de 14 h 38. Ils n'étaient que quatre hommes dans son wagon. Il n'a pas été incommodé pendant le voyage. Il n'a pas lu de journal, il a juste posé son front de côté sur la vitre humide, regardé les paysages défiler sans y prêter attention, et les rafales de pluie buter contre le reflet de son visage. Le fatras des roues métalliques le long des rails ne l'a pas dérangé ; au bout d'un moment, il ne l'a même plus entendu. Il est descendu au terminus. Il savait qu'il n'irait pas plus loin, qu'il était arrivé, que c'était la fin du voyage.

Il a jeté un coup d'œil à sa montre. Le train n'avait pas de retard. Il a songé que le chemin de fer britannique ne méritait pas toujours sa mauvaise réputation. Il a traversé la gare sans croiser quiconque. Personne n'était venu attendre les autres hommes. Une fois dehors, il a relevé son col, allumé une cigarette, marché en direction du port. Avec lui, il n'avait pas de valise.

La bruine déposait de fines gouttelettes sur ses cheveux noirs, le vent soulevait par moments le bas de son imperméable. Je lui avais parlé des ciels gris de Falmouth. Il a aperçu la devanture du *Chain Locker*. Il est entré. Le serveur lui a fait remarquer qu'il avait l'air frigorifié, lui a proposé de prendre quelque chose de chaud. En guise de réponse, il lui a demandé quel chemin il devait suivre pour se rendre au 325, Melville Road.

Le serveur a dû penser que les flics nous revenaient, que l'histoire recommençait, puis a fourni le renseignement avec une inquiétude diffuse et un peu de lassitude. L'homme au col relevé l'a remercié brièvement. Il est ressorti aussitôt du café. Il a emprunté la route qu'on lui avait indiquée, celle qui borde la falaise, celle où sont alignées les maisons de poupée. Il a dépassé la cabine téléphonique, repéré la plaque indiquant le nom de la rue, bravé le vent. Il a avancé d'un pas décidé. Arrivé au 325, Melville Road, il n'a pas davantage hésité. Il a frappé à la porte. Et maintenant, il est devant moi.

Je l'attendais.

Je vois les yeux noirs, les épaules rondes sous l'imper trempé. Le visage est fermé, immobile. La peau est blanche, vierge. Les lèvres sont scellées. Pas un sourire. Pas un mot pour ces retrouvailles. À l'économie, comme toujours. Il retarde l'instant où il devra parler, où il ne pourra pas faire autrement que céder à la violence de parler. Là, il est d'un bloc, dans le silence. Ce qui compte, c'est sa présence, c'est son corps découpé dans l'embrasure de la porte, les yeux noirs, les épaules rondes. La mer, ça n'existe plus. La falaise, les vagues qui s'épuisent, la pierre, ça n'existe plus. La route sinueuse, les maisons alignées, le dehors et le vent, ça n'existe plus. Il n'y a que lui. Le monde se résume à lui. À nouveau.

Je lui montre le chemin. Il entre chez moi. À son passage, je sens son odeur. Et avec cette odeur, je retrouve les années de la réclusion, les années à deux dans la cellule aveugle, la proximité des carcasses, la nudité des chairs, les perles de sueur à la naissance de son cou. Moi qui suis le démuni, l'écarté, je ne suis riche que de ça, ce moment de notre familiarité absolue.

Je fixe sa nuque, m'attarde sur sa démarche, me fige quand il se retourne. Je suis frappé comme au premier jour. La splendeur, c'est impossible de la manquer, ça ne peut pas nous échapper. La première fois, ça m'avait coupé le souffle. J'avais pensé qu'un homme avec cette beauté, il était d'une autre espèce que nous tous, les hommes de la prison. Je l'avais observé comme on le fait d'un étranger. Ça ne m'est pas passé. La beauté, à ce point-là, c'est toujours une étrangeté.

Il nous arrive d'être ébahis devant des montagnes, des océans, des soleils, d'être impressionnés par ce qui est hors de notre portée, par ce que nos mains ne sauraient pas fabriquer, ce que nos esprits seraient incapables de concevoir. Mais on ne s'attend à rien devant les hommes. Rien qu'à des sentiments ordinaires. Et puis, un jour, il en est un qui survient, auquel on n'est pas préparé, et on a les genoux qui ploient. On ne sait pas dire pourquoi. On ne trouve pas les mots. Ça n'a rien de religieux. On n'est pas dans l'adoration. C'est quelque chose qui a à voir avec la grâce, avec la magie. Soudain, on est dans l'éblouissement. On est un pas en arrière, ou un cran au-dessous. On est tenu à distance. Le sentiment qu'on éprouve, ça n'est pas forcément du désir. Pour les femmes, peut-être, oui. Mais c'est autre chose aussi. Une sorte de réserve. Un respect face à une puissance indicible. Il y a des hommes qui ne sont pas juste des hommes.

Il s'immobilise au milieu de la pièce principale. Je me dirige vers lui, je lui propose d'ôter son imperméable. Tandis qu'il se dévêt, je tourne les yeux vers le plancher. J'emporte son vêtement dans une autre pièce. Quand je reviens auprès de lui, il n'a pas bougé. Il occupe tout l'espace. Betty, la seule à s'être tenue au même endroit, il y a peu, était une silhouette entre les murs blancs, une ombre. La différence entre eux deux est une question d'épaisseur, de consistance.

Je savais qu'il viendrait. Je l'attendais.

Il n'avait rien dit, rien promis, pas fixé de rendez-vous mais j'étais persuadé qu'il finirait par venir.

J'avais cette certitude, cette intuition intime, fondées sur rien de tangible, que je n'aurais pas su expliciter. Je ne détenais pas le moindre indice, pas de preuve de ce que j'avançais.

Je savais, voilà. Savoir me suffisait.

On a le droit de bâtir sa vie sur un pressentiment.

C'était l'été dernier. À l'époque des grosses chaleurs. J'étais étendu sur mon lit, je sentais la sueur à mon front, à mes aisselles, au creux de mon torse. Lui, il était assis sur le rebord, penché en avant, jambes écartées, il fumait une cigarette. Il avait troqué son uniforme pour des vêtements repassés, que je ne lui avais jamais vus, mis un semblant d'ordre dans ses cheveux. Il semblait engoncé et un peu prostré. Les gardiens n'allaient plus tarder. Il avait purgé sa peine : le temps était venu de retourner vers le dehors.

Cela aurait dû être une heure heureuse.

Lui, il partait, il recouvrait la liberté, enfin, après toutes les années de la détention, il quittait la cellule, quatre mètres sur trois, la promiscuité, la violence contenue, la misère et l'ennui. Il s'en allait retrouver celle qui ne l'avait pas trahi, qui ne lui avait pas fait défaut, qui avait accompli l'exploit, chaque semaine, de lui rendre visite au parloir, qui avait démontré cette patience, cette abnégation. Il pouvait espérer refermer la parenthèse de la réclusion, mener une vie normale, figurer dans la grande photo du monde, à nouveau, reprendre une place. Il aurait dû être content, avide, joyeusement fébrile. Il ne l'était pas.

Moi, j'aurais dû me réjouir pour lui de cette liberté reconquise. Au fond, tous, on n'espérait que ça, sortir. D'espérer ça, c'est ce qui nous permettait de tenir, de ne pas devenir fous. Mais je ne me réjouissais pas.

Non, l'heure n'était pas heureuse : elle était grave, lourde, empesée. Surtout, elle était maussade. Il y avait une sorte de désolation, de pauvreté, comme pour un deuil.

Nous avions eu le temps pourtant de nous préparer. Nous n'avions pas été pris en traître. Et nous étions des hommes, de ceux qui ne s'émeuvent pas facilement, qui ont appris le détachement, des rugueux, des taciturnes, des solitaires. Nous découvrions, mais un peu tard, que nous n'étions pas exactement ceux que nous imaginions être.

Sans doute est-ce en cette occasion que nous avons perçu ce qui ne manquerait pas d'advenir, ce qui fait que nous sommes là, à nouveau ensemble, dans la maison au bord de la falaise.

Cela a été comme une évidence tue, comme une prémonition indicible. Nous avons mesuré ce qu'il nous revenait d'accomplir. Lui, quitter la prison, rentrer chez lui, compter les jours, se tenir droit, insoupçonnable dans le mensonge. Moi, patienter jusqu'à ma libération, regagner Falmouth, me tenir prêt pour le jour où il frapperait à la porte.

Tout s'est déroulé comme nous l'avions envisagé. Mais, ce matin-là, dans la moiteur de la prison, dans la tristesse de la séparation, nous n'avons rien dit, rien planifié. Il n'aurait servi à rien de parler. Nous savions à quoi nous en tenir. Et puis les mots n'auraient pas été exacts. Ou bien ils auraient été dangereux.

Le bruit de la clé tournant dans la serrure pour ouvrir la porte de la cellule nous a tirés de notre léthargie, de notre recueillement. Le gardien qui s'est présenté s'est contenté d'un hochement de la tête en direction de Luke. Il n'a pas cherché une parole, une plaisanterie, un encouragement ironique. Il s'est tenu à distance de nous deux. Et je peux presque affirmer que cette distance, c'était du respect, le choix de ne pas interférer, de ne pas entrer dans ça qui crevait les yeux, notre intimité. Une pudeur. Une décence.

Luke a écrasé sa cigarette, s'est levé tranquillement, il a fait face au mur dont il avait débarrassé ses photos personnelles, il a scruté le lit, les draps en ordre, les couvertures repliées, il est resté debout, immobile, assez longtemps. Je devinais qu'il avait envie de m'adresser un dernier regard, de ne pas partir sans un dernier regard, mais il n'en a rien fait. Quand il a été sur le pas de la porte, j'ai espéré qu'il ferait un mouvement, peut-être un signe de la main, même sans se retourner, comme dans les westerns, mais non. Moi, j'étais toujours torse nu, couché, dans la transpiration. Quand la porte s'est refermée sur lui, j'ai pensé : cette dislocation est provisoire. Nous nous reverrons. Alors je n'ai pas pleuré.

Aujourd'hui, maintenant, il est là.

Les mois sans lui ont été blancs. Même avec le recul, je ne suis pas fichu de déterminer de quoi ils ont été remplis, vraiment. Cela a été comme une longue morte saison, comme ces automnes précoces qui deviennent imperceptiblement d'interminables hivers, comme ces jours mornes et ces nuits froides qui s'enchaînent jusqu'à ce qu'on les confonde, comme ces heures au cadran qui semblent figées et qui, pourtant, nous font terriblement vieillir.

Lui, il a commencé par retrouver sa compagne. Elle était là, à la sortie, les pieds dans la boue, devant la prison. Elle s'est précipitée entre ses bras. Il l'a étreinte. Elle a savouré cet instant de son corps à lui contre son corps à elle. Elle n'a pas fait attention, alors que son cœur à elle battait la chamade, que son cœur à lui demeurait étrangement calme. Il a souri et son sourire a semblé un rictus de douleur. Elle a supposé qu'il lui faudrait du temps pour se réhabituer à l'univers des vivants, que la prison, ça vous change un homme. Elle n'avait pas tort.

Elle l'a ramené chez lui, chez eux, dans la banlieue de Londres. Les paysages traversés lui ont paru familiers.

L'appartement était intact, comme s'il s'était absenté depuis la veille seulement. La permanence des choses l'a fait vaciller. De tout revoir à la même place, d'affronter un ordre immémorial, ça a failli l'envoyer valdinguer. Il a reçu la confirmation que sa vie, ça ne serait pas ça. Qu'il était décidément promis à autre chose.

Il a joué la comédie pendant des mois. Ses proches n'ont rien remarqué. Bien sûr, parfois, ils se sont inquiétés de sa bizarrerie, ils l'auraient préféré moins renfermé, moins sombre. Mais après tout, il n'avait jamais été un grand causeur. Ils l'ont entouré de leur affection étouffante, de leur sollicitude infantilisante, de leur prévenance dégoûtante. Il ne s'est pas rebellé. Leur échapper n'était qu'une question de temps, de patience.

Ce matin, une fois sa femme sortie, il s'est levé, douché, habillé, il a jeté à la poubelle la cannette de bière qu'il avait bue la veille, pris le paquet de cigarettes qu'il avait laissé sur la table du salon, ajusté son col de chemise devant la glace dans l'entrée et il a claqué la porte derrière lui. Il n'a pas laissé de mot, pas d'explication. Qu'aurait-elle pu comprendre ? Il a descendu les escaliers comme tous les matins, sans précipitation particulière. Sur le trottoir, il a observé la couleur du ciel. Il s'est dirigé vers la gare. Il est monté dans le train qui arrive à Falmouth à 14 h 38.

Il me raconte tout ça de sa voix traînante, sans affect, sans ponctuation. Je l'écoute. Rien ne me surprend.

À la fin, il ajoute seulement : « Pardonne-moi, si j'ai un peu tardé. »

Nous revenons de loin. Il aura fallu en parcourir du chemin pour simplement nous trouver là, face à face, dans cette clarté, cette certitude. Il aura fallu en laisser derrière nous, mais surtout dévier des routes toutes tracées, renoncer aux existences qui nous étaient destinées.

À l'heure qu'il est, je devrais être encore l'époux de Marianne, l'enfant devrait être vivant, mes bras devraient continuer d'accomplir les mêmes efforts chaque jour que Dieu fait, le *Chain Locker* m'offrir le repos, la vieillesse se profiler lentement. Je ne serais pas heureux mais on me laisserait tranquille. Et les hommes aspirent-ils à autre chose qu'à la tranquillité ?

Luke devrait être un amant généreux, un gendre prometteur, un type rangé. Il ne saurait rien de la ferveur mais au moins il ne décevrait pas les espoirs placés en lui. Et nourrit-on d'autre ambition que celle de rassurer ?

Et nous voilà, l'un et l'autre, les proscrits, les entachés : nous devrions, à coup sûr, nous faire petits, remercier qu'on nous tolère, et, au lieu de ça, nous marchons sans faiblir vers l'opprobre. Ils prétendront que nous n'avons rien appris, que nous sommes les incurables, les insauvables. Nous ne leur répondrons pas. De toute façon, ils ne nous entendraient pas si nous leur affirmions qu'au contraire nous nous sommes dérobés à la malédiction. Combien sont capables d'en dire autant ?

Je pense également à Rajiv, à sa résignation apparente, à sa violence intérieure, à sa solitude choisie. Je pense à Betty, à son sourire, à sa tendresse sans calcul, aux secondes chances. Je pense à ces deux-là, que je vais laisser derrière moi.

Je regarde Luke, son mystère, sa puissance. Je songe à ce qui nous aimante, à ce qui nous pousse l'un vers l'autre, cette folie. Ce doit être ça, lier son sort à quelqu'un.

Ensemble, nous devenons ceux que nous devions être, ceux que nous n'avions aucune chance de devenir séparément.

La nuit arrive vite. Le vent souffle en rafales, la pluie bat aux carreaux que le phare éclaire par intermittence, la mer est agitée, elle réclame des cadavres. Nous nous tenons dans la chaleur artificielle de la maison, dans la lumière jaune, entre les murs qui nous protègent, dans l'intimité retrouvée, reconquise. Luke a le visage plein de fatigue, mais c'est une fatigue sereine, confiante, un épuisement paisible. Il s'est couché contre le matelas posé à même le plancher. J'observe les grains de beauté sur ses épaules. Je sais qu'il n'arrivera rien, que je n'ai plus rien à redouter désormais.

Demain, nous partons par le premier ferry.

TABLE DES MATIÈRES

MIXTE
Papier issu de
sources responsables
FSC® C003309
FSC
www.fsc.org

10/18, une marque d'Univers Poche,
est un éditeur qui s'engage pour
la préservation de son environnement
et qui utilise du papier fabriqué à partir
de bois provenant de forêts gérées
de manière responsable.

Imprimé en France par CPI

N° d'impression : 3025405
X07278/01